JN167165

メディアワークス文庫

迷える羊の森
～フィトセラピスト花宮の不思議なカルテ～

有間カオル

目　次

一匹目　小さな花の強さ

丈太郎《じょうたろう》は学校で嫌なことがあった日、少し遠回りして空き家のある細い道を通ることにしている。

大通りから二本奥に入った道は静かな住宅地で、家々は余裕を持って並んでいた。中でも目当ての空き家は隠れるように一番奥の、放置され荒れた畑に囲まれて建っていた。

大通りよりも二度ほど気温が低く感じるひっそりとした道を、マグマのような怒りを胸に抱いて丈太郎は進む。

やがて蔦《つた》が絡みつくブロック塀が見えてくると、緑の香りが濃厚になっていく。

いつから空き家なのかわからない。丈太郎が高校に入学して、なんとなく家に帰りたくなくて、ふらふらと寄り道をしていたときに見つけた、寂しい道の奥にひっそりと建つ家。

暗い森の中に逃げ込んだような気持ちで見上げた家は、窓まで蔦で覆《おお》われ生活のにおいが一切なく、庭も荒れ放題で足の踏み場もないほど雑草が生えていた。

明らかに何年も放置されたままの家は、そのときから丈太郎のサンドバッグ代わりになった。

蔦に覆われたブロック塀に近づいて行くと、むわっとした青臭い植物のにおいに包まれた。
丈太郎は確かめるように軽くブロック塀を蹴った。
つぶれた蔦から滲《にじ》む青苦い香り。
パラパラと零《こぼ》れるブロックの破片。
微《かす》かに残る蹴りの跡。
この壁にはもう三十を越えた、丈太郎の蹴跡がある。
壁沿いを歩きながら丈太郎は右足に怒りを貯《た》めていく。
今はもう錆《さ》びて赤黒くなった門の前に近づくと立ち止まった。
さっきのは軽いジャブだ。
今度はストレートだ。
すべての鬱憤《うつぷん》を貯めた右足を振り上げる。
「くそっ！」
丈太郎は思い切りブロック塀を蹴った。
「わっ！」
主人に捨てられ、ずっと放置されたままのブロック塀が悲鳴を上げた。
いつもは丈太郎の怒りを受け止めていた六段あるブロック塀の、蹴った三段目より上のブロックが崩れて敷地《しきち》内に落ちた。

崩れて低くなった塀の向こうに、うずくまっている男が見えた。

さっきの悲鳴がブロック塀のものではなく、目の前の男のものだとすぐに理解して叫ぶように謝罪する。

「すっ、すみません！」

急いで錆びた門をくぐり、うずくまったまま動かない男に駆け寄った。

「ケ、ケガはありませんか！」

うつむいていた男の顔が上がり、丈太郎と目が合う。

歳《とし》は三十前後だろうか。

少し色素が薄い、赤茶けた細い癖毛がふわふわ揺れている。

すっきりとした顔立ちと細身の体も相まって、なとなく曼殊沙華《まんじゅしゃげ》を連想させた。

「キミ、力が強いんだね」

優男は花が綻ぶような笑みを浮かべて立ち上がった。

「この辺りのブロックは傷みが激しかったから、取り壊してしまうつもりだったんだ。

その手間が省けた」

丈太郎は深く頭を下げる。

「本当にすみません。まさか人がいるとは思わなくて。ずっと空き家だとばかり」

「僕はケガしていないから大丈夫だよ」

丈太郎は彼の言葉と笑みに安堵《あんど》する。

「でも、こっちが……」

「え？」

男が再びしゃがんで、崩れたブロックを持ち上げると、壊れた鉢と潰れた植物が現れた。

「この鉢は結構高かったんだ。それにこの植物はとても珍しいものでね」

「ええ！」

丈太郎が悲鳴に似た叫び声を上げ、男は残念そうに鉢の欠片《かけら》を拾い上げる。

「これ、著名な作家の一点物なんだよね」

一度は安堵し緩んだ丈太郎の頬がひきつる。

「その制服、前橋高校《まえばしこうこう》だよね」

男は優しい笑みを浮かべたまま、しかし逃さないと暗に脅しているようなセリフを口にする。

だが、もとから丈太郎に逃げるという選択肢は浮かんでいなかった。

「あ、あの弁償します」

「弁償って、これかなり高額だよ」

丈太郎が言葉に詰まる。男はわざとらしく困った表情で小首を傾《かし》げる。

「分割払いにしてもらえませんか。何十年かかっても必ず返します」

「バイトしてるの？」

「していないけど、すぐ探します。部活もないし、時間ありますから。それに、もうすぐ夏休みだし」

男は少し驚いたように目を大きくし、丈太郎の全身を眺める。

「部活、していないの？」

「帰宅部……です」

「そんなにいい体をしているのに、もったいない」

丈太郎の胸に棘《とげ》が刺さる。今まで何度も言われてきたセリフに、苦い思いで拳をギュッと握る。

「……運動音痴なんで」

「ふーん」

男はもう一度値踏みするように丈太郎の全身を見回すと、小さく笑った。

「時間ある……か。いいね。実は人手が欲しかったんだ。店を手伝ってくれないかな。運動音痴でも、キミ背が高いし、いい感じに筋肉もついているから力仕事とか得意そうだよね。身長は何センチ？」

「一八五センチですけれど、……店？」

「そうだよ。二週間前にこの家を買って、店を開いたんだ」

まさか、と思って丈太郎は見回し、初めて気づいた。

足の踏み場もなかった庭は、すっかり土が見えていて、未《いま》だに屋根も壁も蔦に覆われているが、家は空き家とは思えないほど息吹を感じられた。窓や玄関扉の蔦はなくなりすっきりとしていた。

前に来たときは、こうではなかった。家屋は屋根からすっぽりと蔦に包まれ、どれぐらい傷みがあるのかもわからないほどだった。

いつのまに……。たった二週間で。

以前と同じ森のにおいがしたから気づかなかった。こんなに家も庭もさっぱりしていたなんて。

でも、店？　なんの店？　本当に店？

懐疑的な丈太郎の心を読んだように、男は欠片を手にしたまま家に近づき、玄関のドアを開けた。

丈太郎は誘われるように家に近づき、恐る恐る中をのぞいて思わず「嘘《うそ》だろ」と叫んで目を擦った。

廃墟《はいきょ》とばかり思っていた家の中には、所狭しと様々な植物が床にも棚にも置いてあり、圧倒される。視界だけでなく、緑と水のにおいが嗅覚をも支配しようとする。

鬱蒼《うっそう》とした植物のにおいではなく、瑞々《みずみず》しい草や甘い花の香り。

玄関にしては広い二十畳ほどの空間は、まるで凝縮された植物園のようだった。

「店の中もまだ片付いていないし、庭や壁の手入れもしなければならないしね。キミ、庭いじりやＤＩＹの経験はあるかな？」

「え？」

あまりの光景に驚いていた丈太郎は、彼の質問を聞き逃していた。

「庭いじりやＤＩＹは得意？　営業しながら店内や庭を整えていくのは難しいからさ。まあ、開店したばっかりで、客はしばらく来ないだろうけど」

「開店？　もう営業しているんですか？」

「そうだよ。まだ看板も出てないけれど」

「看板ぐらいは、出しておいたほうがいいんじゃないですか？」

店の看板があれば、少なくとも空き家などと思わず、丈太郎も壁を蹴ることもしなかった。

「店って、花屋ですか？」

男は首を振る。

「花屋じゃない。植物療法《フィトセラピー》の店だよ。僕はフィトセラピスト」

「フィトセラピスト？」

「植物を使って、体や心の悩みを改善することさ」

「植物で？」

男は「おいで」と言うように微笑《ほほえ》んで家の中に入る。丈太郎は引っぱられるように男の後に続いた。

家に足を踏み入れると、ひんやりとした瑞々しい空気に包まれる。

「ここが店内。今はまだ植物の倉庫みたいだけど、セラピースペースになる。ここにある植物の半分は庭か、奥の部屋に移動しなければならない。そして、中央にイスとテーブルを置く予定なんだ」

男は嬉々《きき》として、丈太郎に今後の予定を話し始める。

「この扉の向こうはバックヤードになる」

店の奥のドアを開くと、細長い廊下が見えた。廊下には左右にドアがついている。男は一番手前左のドアを開けた。とたんに様々な香りが流れ出てくる。

甘い、苦い、青い、辛い、酸っぱい、いろいろな鼻孔の記憶が蘇《よみがえ》る。

男に続いて中に入った丈太郎は驚き声を上げた。

「すごい。なんか、研究室みたいだ」

八畳のほどの部屋には植物の標本やいくつもの試験管、液体の入った瓶が壁に設置された棚に並んでいた。中央の長テーブルには丈太郎の知らない器具が並べてある。

男は朗らかに言う。

「うん、ここが事務所兼研究室」

本当に研究室だと思わなかった丈太郎は、見慣れぬ機器や植物にやや興奮して、尋ねる。

「どんな研究を？」

「植物の可能性についてさ」

「植物の可能性？」

男は銀色のテーブルの上にある花瓶の中に入った、白い花をそっと指先で撫《な》でながら逆に質問する。

「植物には五感があるって知ってる？」

「五感……ですか？」

「植物は人間、動物とは違う五感を持っている。土や空気を通して情報を共有したり、コミュニケーションをとる。感情もあるし、思考もする」

「植物がですか？」

「植物がだよ。キミは自分が植物より強いと思っているかい？」

　男が挑発的で妖艶な笑みを浮かべる。

「キミはこの家、庭にある植物を除草剤で枯らすことも、火で焼くこともできるだろう。でも、それは彼らに勝利したことになるかな？　一年経《た》てば、新しい芽が息吹くだろう。彼らが飛ばした種はキミの知らないところで生長している。キミは百年も経たずにこの世から消えるが、若木は何百年も生きるだろう」

　植物と戦うことなんて想像したこともなかった丈太郎は、戸惑いながら男の言葉にただ耳を傾けるしかない。

「天変地異が起きたとしよう。あるいは第三次世界大戦でも起きて、あちこちで原爆や水爆が落ち、この世が放射能だらけになったとして、動物と植物。最終的にはどちらが残ると思う？」

植物と答えるところだろうが、突拍子もない展開に、丈太郎はとっさに声が出なかった。

曼殊沙華を思わせる男の癖毛が毒々しく見えて、体が強張《こわば》る。

優し気な笑顔、柔らかな物腰、けれど丈太郎を離すまいとする食虫植物に捕まった気持ちになる。

男がふわりと微笑んだ。

「ごめん。ちょっと意地悪しちゃったね」

空気が溶ける音がした気がして、丈太郎の緊張も解ける。

「そういえば自己紹介がまだだった。僕は花宮瑞樹《はなみやみずき》。今のところ、この店は主の僕とアルバイトのキミだけ……ええと」

「か、風見《かざみ》丈太郎です」

慌てて名乗ると、花宮が両手を広げた。

「丈太郎くん。ようこそ、ストレイシープ《迷える羊》・フォレスト《の森》へ」

次の日、丈太郎は学校からそのまま花宮の店、ストレイシープ・フォレストに向かった。

「制服が汚れるよ」

門をくぐる丈太郎の姿を見て、庭にいた花宮は目を丸くする。

「大丈夫。体操着持ってきました」

学生鞄《かばん》とは別に持っていたスポーツバッグを掲げてから、地面に落とす。

「すぐ、着替えて手伝いますから」

言うが早いが、丈太郎はネクタイを解き始めた。

「え、ここで着替えるの⁉」

「だって壁あるし。そもそもここ奥まった場所だから、人通りなんてないし」

半袖シャツのボタンを外しながら、丈太郎は不思議そうに首を傾げる。

「それは、そうだけど。思春期真っただ中でしょ。店の中で着替えたら？」

「入っていいんですか？」

「もちろんだよ。店の整理も手伝ってもらう予定なんだから」

花宮が呆《あき》れ顔《がお》で店を指さす。

すでに上半身裸になっていた丈太郎は少し迷ってから、学生鞄とスポーツバッグを手に取って扉に向かった。

「昨日も思ったけれど、いい筋肉つけているね。部活はしていないって言っていたけれど、筋トレやっているの？」

「……べつに」

気まずそうに視線を移した丈太郎の目が、異様なものをとらえ動きが止まった。

まだ看板も出ていない門の前に、こちらを生気のない顔で見つめている女がいたのだ。

二十代後半ぐらいで、長い髪が重苦しい。長袖のシャツに白いロングスカート。持っているショッピングバッグが膨らんでいるところをみると、買い物帰りらしい。

「おやおや、さっそく迷える羊《おきゃく》が」

花宮は丈太郎から離れて門へと向かう。丈太郎は自分の姿を思い出して、慌てて店の中に入った。さらに奥のドアを開けてバックヤードに続く廊下にバッグを置くと、十秒で体操着に着替えた。

少しドアを開けて店内をのぞき込む。誰もいない。庭で接客しているようだ。

体操着姿の自分が客の前に出て行っていいのか迷う。もし手伝いが必要なら、花宮が呼ぶだろう。そう判断し、このまま店内で待機することに決めた。

それにしても……、と丈太郎は客が気になって、植物をかき分けて窓に近づく。

五センチほど開けた窓からのぞくと、門のそばに立つ二人が見えた。

花宮が彼女に向かって話しかけている。なにを話しているのか、ここまでは聞こえない。

彼女はまるで耳が聞こえないかのように、花宮を無視して突っ立っている。顔は店のほうを向いているが、表情が虚《うつ》ろでなんだか気味が悪い。

突然、音もなく現れたことといい、まるで幽霊みたいだ。

あまりの異様さに、一抹の不安を覚えて丈太郎は花宮のそばに行ったほうがいいのでは思った。

玄関扉を開けて庭に出た瞬間、彼女と目が合った。

マネキンに魂が入ったように、彼女が目を瞬《まばた》き、能面のようだった顔に不安げな表情が宿る。

「あ、あの、ここどこですか？」

ずっと亡霊のように突っ立っていた彼女は、動揺しながら辺りを見回す。

「ここは植物療法を行っている店『ストレイシープ・フォレスト』です。悩みや困ったことがあれば、いつでも訪ねてきてください。きっと、お力になれると思います」

花宮はシャツの胸ポケットから、ショップカードを取り出して差し出す。

彼女は反射的にそれを受け取り、カードに目を落とし震え出す。

「ここの住所……、なんで、私、こんな遠くまで。急いで帰らないと」

「タクシーを呼びましょうか？」

「い、いいえ、無駄遣いはできないので」

彼女はショッピングバッグにショップカードを落とすと、素早く踵《きびす》を返して走り去ってしまった。

「……なんか、変な人でしたね」

丈太郎が言うと、花宮は笑顔を浮かべた。

「迷える羊は、皆こんな感じだよ。何の問題もない人なら、ここには来ないさ」

花宮は店に入って行く。丈太郎もそれに続きながら、躊躇《ためら》いがちに尋ねる。

「もしかして、俺が体操着なんかで出て行ったせいですか？」

花宮が初めて気づいたように丈太郎の姿を見て、爆笑した。

「いいんだよ。キミには接客じゃなくて、力仕事を頼むんだから。僕だってラフな姿だしね、しばらくは」

確かに花宮はTシャツにジーンズと、接客業とは思えない服装だった。

「家の壁に沿って木を植えたいから穴を掘ってくれないかな。直径、深さ五十センチぐらいの穴を、一メートル間隔で五つお願い。スコップはそこに」

丈太郎は言われた通りにスコップを持って穴を掘り始めた。

土は固かったが、鍛えている丈太郎にとっては、さほど苦ではなかった。花宮が店内に置いてある苗木を取りに行っている間に四つの穴を完成させて、五つ目を掘っていた。

「さすがだね」

きれいに彫られた穴を見て、花宮が感嘆する。

「本当に帰宅部？　それだけいい体していたら運動部が放っておかないと思うけど。勧誘とかされないの？」

スコップの動きが止まった。

「体を動かすのは嫌いじゃないけれど、スポーツは好きじゃないんで。勝ち負けとか、そういうの……」

花宮はなにもかもわかっているような表情でこちらを見ていた。つい、彼から目を逸《そ》らす。

「ふーん」

花宮が持ってきた苗を穴に入れて、土を被《かぶ》せる。

「ここで働くことは、家族に言ったのかな？」

「……はい」

花宮は口元だけで笑い、丈太郎が掘った穴に苗木を埋める。

「バイト代は出せないけれど、代わりに色々と植物のことを教えてあげるよ。花とか好き？」

「え、まあ……まあ？」

丈太郎は首を捻《ひね》る。嫌いではないが、好きと言えるほどかと言われればわからない。花を見てキレイとは思うが、だからといって、花を買ったり育てたりしたいとまでは思わない。

「まるで他人事《ひとごと》だね」

花宮が笑い出す。

「すみません」

「まじめだな、キミは」

花宮がザクザクと木の根に土を被せると、掘ったときとは違ったにおいがした。土臭さに湿った木の香りが混ざっていた。

「前にも言ったけれど、植物は動物とは違う、でもちゃんと五感を持っている。しかも、動物にはない感性がある」

次の木を埋めながら花宮が続ける。

「植物は、人間の嘘を見抜く。相手の本質を見ることができるんだ。動物にはない感性で」

黙々と作業を続けながら、花宮の不思議な話に耳を傾ける。

「だから、僕にはわかる」

花宮が手を止めて、丈太郎の顔をのぞきこんで断言する。

「キミは三つ、僕に嘘をついたね」

「え、あの……」

動揺し、戸惑う丈太郎の表情を見て、花宮が満足そうに微笑み、体を離す。

「ああ、もう七時になるね。西の空が真っ赤だ」

花宮が見事な夕焼けを指さす。彼の瞳が赤く見えて、丈太郎の心臓が跳ねる。きっと、夕日を映していただけだ、と丈太郎は自分を納得させる。

「Red sky at night,shepherd's delight. Red sky in the morning, shepherd's warning」

「え？」

「英語の諺《ことわざ》だよ。『夕焼けは羊飼いの喜び、朝焼けは羊飼いの憂鬱』。つまり、明日はいい天気ってこと。今日は終わりにしよう。また明日、よろしくね。丈太郎くん」

夕焼けを背に立つ花宮の髪が、微かな風に揺れる。逆光の彼の姿が、黒い曼珠沙華に見えた。

とても神秘的で、不気味に見えた。


「ただいま」

誰もいない玄関に向かって言ったつもりだったが、たまたま洗面所近くにいた母親に見つけられた。

「あら丈太郎、おかえり。どうしたの、体操着で」

驚いた顔の母親は、すぐに期待を表情に乗せる。

申し訳ない気持ちで、丈太郎は言い訳のように躊躇いながら、咄嗟《とっさ》に嘘を口にする。

「今日は掃除当番で体操着に着替えたんだ。着替えるのが面倒くさいから、そのまま帰ってきた」

──キミは三つ、僕に嘘をついたね。

花宮の言葉が蘇る。

隠したいことは一つなのに、隠し続けるために嘘がどんどん増えていく。暗い森の奥へ迷い込んで行くように。

「もうすぐご飯できるけど、先にお風呂入る？」

「軽くシャワーで汗だけ流す」

母親と入れ違うように洗面所に入って、思い切り体操着のシャツを脱ぐ。汗と土と、植物のにおいがむわっと立ち上る。ズボンと一緒に下着も脱いで洗濯籠へと放り込む。乱暴にバスルームのドアを開けて、足を踏み入れるとほぼ同時にシャワーの水栓を捻る。

夕立に打たれるように、頭から水を浴びる。体や床を打つ水の音だけに集中していると、足のつま先になにかが触れた。

「え？」

目線を落とすと、生温《なまぬる》い水と一緒に青紫の花びらが一枚、くるくると回転しながら丈太郎の足下を流れる。

「髪についていたのかな？」

花びらはやがて排水溝に落ちていった。

次の日も、丈太郎は学校帰りに花宮の元に向かう。学校からは徒歩十五分。もともとは、学校前のバス停からではなく、二つほど遠くのバス停から乗ろうとして歩き始めたのだった。その途中で、何年も見捨てられていた空き家を見つけた。

庭に花宮の姿はなく、丈太郎は店の扉を開けた。そして、目に飛び込んできた光景に口をポカンと開けた。

「え、なにこれ？」

濃厚な植物の香りに圧倒されるのは昨日と同じだが、配置が見事に変わっていた。植物が窮屈そうに押し込められた倉庫のような部屋は、植物に囲まれた美しい空間となっていた。今ならここが店だと、はっきりわかる。

よく目にするものから、初めて見る珍しいものまで、様々な植物が並んでいた。いや、並んでいるというのとは少し違う。花屋のように見やすく整頓されているのではない。

壁沿いには観葉植物が、棚には珍しい花々が、天井にはシダや蔓《つる》科の植物が這《は》っている。何種類かの蔓は垂れ下がっていて、まるで花と葉のオーロラみたいだった。

空気が冷たいのは、きっと冷房のせいだけじゃない。

中央に置かれた木枠のテーブルは天板部分がガラスケースになっていて、中に数種類の水草が揺らいでいる。直径三センチぐらいの黄色と桃色の姫睡蓮《ひめすいれん》の隙間を、メダカが縫うように泳いで行く。まるで、小さな池のようだった。

植物にそれほど興味のない丈太郎でも、見たことのない珍しい花や奇妙な葉や木に目と心を奪われた。

壁も天井も植物に囲まれているが、絶妙な配置で圧迫感を感じない。むしろどこまでも広がっていく森を想像してしまう。

「すごいだろ？　昨日、キミが帰った後に、棚とテーブルセットが届いてね。つい、はりきってしまったよ」

「たった一晩で⁉」

「うん。つい夢中になってしまって、今の今までずっと店内をいじくりまわしていたんだ。どうだい？　僕の渾身《こんしん》のインテリアコーディネイトは」

「オシャレ……というよりも、不思議な店内ですね。植物に押しつぶされそうなのに、なぜか落ち着きます」

丈太郎は改めて店内を見回す。

昨日の倉庫状態が嘘のようだ。まるで魔法。そこで、ハッと丈太郎は気づく。

「もしかして、ずっとってことは寝てないんですか？」

花宮がこめかみに人差し指を当てて、なにかを思い出そうとしている。

「うーん、そういえば寝ていないかも。寝るの、忘れちゃった」

「へ……」

啞然《あぜん》とする丈太郎を置いて、花宮が「ま、いっか」と笑う。

本人がいいならいいか、と自分を納得させた丈太郎の目に、青い花が飛び込んできた。

青紫の花びらを持つ小さな花の鉢植え。棚のちょうど真ん中ぐらいの段に、隠れるように置いてあった。けれど、まるで丈太郎を呼んだかのように、目が吸い込まれ、自然と足が動き、ゆっくりと近づいて行った。

「それは菫《すみれ》だよ」

背後から花宮の声。

「菫……」

スラリと伸びる細い茎の先に、青みがかった紫の花びらが五枚。小さくて可憐《かれん》な花。

「好きなの？」

「そういうわけでは……。昨日家に帰ってシャワーを浴びていたら、この花びらが流れてきて。気づかずに触ったのかも」

昨日は慌てながら店の中に飛び込んだから、きっとそのときに体が触れたのだ。そのせいで花を散らしてしまったとしたら、可哀相《かわいそう》なことをしたと、すまない気持ちで菫をのぞき込む。

「菫の花びら？　それは面白いね。菫はキミを選んだんだ。勇気、一歩踏み出す力」

「え？」

「いや、こっちの話」

花宮が丈太郎の隣に立って、そっと菫の鉢を手に取り差し出す。丈太郎は思わず受け取って両手の平で包むように優しく鉢を持ち、のぞくように菫の花を見つめる。

「丈太郎くんは菫の花をどこで見たことがある？」

「それは……たぶん、どこかで。あの、覚えていないです」

可憐な花には見覚えがあった。だが、どこで見たのかと問われるとハッキリしない。

「きっと道ばたとか、校庭や公園の隅じゃないかな。菫はそういうところで咲いている花だから」

「雑草ですか？」

「雑草の定義は難しいから、なんとも言えないな。でも知っているかい？　森の中には雑草はない。なんでかわかるかい？」

「え、えっと……」

謎かけする花宮はどこか楽し気で、少し意地悪さが透けている。猫がネズミをもてあそんでいるような。

毒にも、食料にもなる花。

インターネットで調べたことが頭に浮かぶ。

曼殊沙華は仏典に由来し、サンスクリット語で「天界の花」というめでたい名前なのに、彼岸の時期に墓場で咲くことが多いから、彼岸花、死人花、地獄花など不気味な別名を持つ。

墓場によく咲いているのは、土葬だった時代に、モグラやネズミに遺体を荒らされないために人為的に植えられたからだという。

花宮は見た目は優男《やさおとこ》で物腰が柔らかいが、ときどきチクリとこちらの胸を刺す毒針みたいなものがある。丈太郎が彼に対して持っている罪悪感が、そう思わせるのかもしれないが。

出会って日が浅いのもあるが、花宮の為人《ひととなり》を摑《つか》めず不安な気持ちもある。

「難問だったかな？　雑草という名前の植物は存在しない。雑草は人間が邪魔、あるいはつまらないと思った植物に勝手につけた名称だ。森の中でも菫は生息しているかもしれない。でも、植物だらけの森の中では、森の一部と捉えられるだろう。わざわざこれは森の植物、これは雑草と区別なんかしない。つまり雑草という認識がなくなるのさ」

そういうものかと考え込んでいると、花宮の視線が自分を通り越しているのに気づいた。彼の視線に倣うようにゆっくりと振り返ると、店の入口に昨日の女が立ってこちらを見ていた。無感情な目で見つめられて、丈太郎の背筋に冷たい汗が流れる。

花宮が丈太郎の横をすり抜けて、彼女の前に立つ。

「こんにちは。またご来店いただき、うれしいです」

声をかけられた彼女は、ゆっくりと幽霊から人間になる。瞳に生気が宿り、無表情だった顔に戸惑いが浮かんだ。

「あ、いえ、あの……」

戸惑い彷徨《さまよ》う彼女の視線は、やがて丈太郎の手に落ちた。正確には、丈太郎の手の中にある青紫の花、菫に。

「菫がお好きなのですか？」

花宮の問いに、彼女は狼狽《うろた》える。

「あ、いえ、そういうわけでは。でも、なぜか目が離せなくて」

花宮が丈太郎の手から菫の鉢を受け取り、彼女の目の前に持って行く。

「お疲れのようですね。もしよろしければ、こちらの菫をお持ちになりませんか？菫もあなたのそばにいたいようですから」

花宮は彼女に鉢を差し出す。丈太郎と同じく、彼女は操られたように鉢を手に取り花をのぞき込む。

青紫の小さな花が、彼女の手の中で揺れている。

●

気づいたら、またあの店にいた。

最初は同じ店だと気づかなかった。

最初に来たときは、庭も家も荒れていたように見えたから。

見覚えのある華奢《きゃしゃ》な若い男と、体格のいい少年。

私は狐《きつね》につままれた気持ちで立ち尽くし、彼らをぼんやりと見つめていた。

ムワッと全身に覆い被さるように流れてくる植物の圧倒的な香り。

顔を上げて周りを見回せば、壁も天井も植物だらけ。まるで森の中に迷い込んだような緑の空間。

狭い空間に多種多様な植物がこれでもかと詰め込まれているけれど、店主のセンスがいいのか、鬱蒼とした感じはない。むしろ部屋全体がフラワーアレンジメントのようで、自分も植物の一部になったように感じた。

植物だらけの中、私の目を引いたのは、少年の手の中にあった可憐な青紫の花。大きな手に中にあるせいか、よけいに小さくか弱く見えた。

見たことがある。あれは菫。

どこで見たんだっけ？

ぼんやりと考えていると、いつの間にか菫の鉢は少年の手から、男の手に移っていた。そして、私に差し出され、つい受け取ってしまった。

私の手の中で微かに揺れる青い小さな花。

植物療法、と男は言った。私が疲れているとも。

最近の私は、どこかぼんやりしていることが多くて。だからあの人もイラつかせてしまう。

彼の部屋に帰ってきた私は、菫の鉢を窓辺に置く。

陽の光が青紫の花びらに当たり、眩《まぶ》しく青がきらめく。

その輝きが眩しすぎて、私は怖くなった。存在感が大きすぎる。

目立ち過ぎては、あの人を不快にするかもしれない。変化を嫌う人なのだ。

私は少し後悔した。菫を受け取るべきではなかったのではないかと。

私はあの店、ストレイシープ・フォレストで簡単な契約書を書いたことを思い出す。

名前と住所、それに悩みがあるか、体の不調があるかなどの簡単なアンケート。

最近よく眠れない。そのせいか日中もぼーっとしていることが多い。もしかしたら、これが世に言うマリッジブルーなのかしら。

ブルーと言えば、不思議な店から思わず受け取ってしまった菫の花の色。

ブルーな気持ち……。

私は大きく首を振る。

いいえ、私はちょっと疲れているだけよ。ブルーな気分なんてありえない。私は恵まれているのだから。

逆に恵まれすぎて、悩みが生まれるのかもしれない。一種の贅沢《ぜいたく》病なのかも。

時計を見ると、午後六時四十分。あと一時間ほどで彼が帰ってくる。それまでに夕飯を作って、お風呂を掃除しておかないと。

水曜日の今日は、私が派遣で勤める不動産会社はお休み。だから、花嫁修業と家デートを兼ねて、婚約者の武司《たけし》さんのアパートに来ている。

ずっと実家暮らしの私は家事を母親任せにしていたから、それを不安に思った武司さんの提案だった。私の両親も賛同した。

休みの日は武司さんのアパートで、妻の予行練習。掃除して、料理して、彼の帰りを待つ。

今日の献立は豚の角煮と青菜のお浸し、こんにゃくステーキ、キノコの味噌汁《みそしる》。角煮を煮ている間に風呂掃除を終わらせ、あとは味噌汁を作るだけだと安堵したとき、ガチャガチャとドアが開く音がした。

「お帰りなさい、武司さん」

私が出迎えると、武司さんは鞄を差し出す。私はそれを受け取って一緒にリビングに入る。

「着替えてきて。もう食事の仕度はできるから」

ネクタイを緩めながら、武司さんが窓辺に目を止めた。

「あれ、買ったの？」

彼の言うアレが菫の鉢だというのは明確だった。

やはり目立つのだ。

私は後悔と後ろめたさを感じながら言う。

「ううん。いただいたの」

正確には貸してもらったのだ。レンタルだ。

「この部屋には緑がないから、いいかなと思って飾ったのだけれど。邪魔なら家に持って行くわ」

「別にいいよ。いただきものなら、好意を受け取るべきだろう」

私はホッと胸を撫《な》で下《お》ろした。

彼は鉢に近づいて、花をのぞき込む。

「小さくてか弱そうな花だね。弱いのかな。ちゃんと世話しないと、すぐ枯れちゃうかな」

「私がちゃんと世話するわ」

「よろしく頼むよ」

興味なさそうに言って、彼は寝室に入って行った。

彼が着替えている間に味噌汁を作る。

彼が再びリビングに戻ってきたときには、すでにテーブルセッティングが終わっていた。

「美味《おい》しそうだね」

テーブルに並べた料理を見て、彼が言った。

「お口に合うといいのだけれど」

私は味噌汁をテーブルに置いて、武司さんとほぼ同時にイスに座る。

「いただきます」

婚約者と一緒に摂《と》る夕食は、結婚後のシミュレーション、練習。

彼が審査員のような顔で味噌汁を一口、それから豚の角煮に箸を伸ばす。肉を嚥下《えんか》すると、顔を上げて優しく微笑んだ。

「美味しい。腕を上げたね」

「ありがとう」

私は緊張を解き、自分の作った角煮を頬ばる。彼の言うとおり、今日はうまくいった。味噌汁の出汁《だし》もよく出ている。母に教わり、特訓した成果が着実に出ていて、嬉《うれ》しい。

彼は次々と料理を口に運んでいく。よかった。

入籍まで、あと二ヶ月。彼の望む料理のレベルを達成できそうだ。

私より七歳年上の婚約者、武司さんと出会ったのは両親の紹介だった。

武司さんは、私の父の上司の息子。父と上司が飲んでいたとき、私が車で迎えに行ったのがきっかけだったらしい。

その夜のことは、なんとなく覚えている。

酔った父が迎えに来いと電話をかけてきて、私は自分の車で飲み屋に向かった。店に入ると上機嫌の父と上司。父を宥《なだ》め誘導しながら車に押し込み、ついでに上司も一緒に家に送った。

細かいことは覚えていないが、上司も一緒に送りましょうかと提案したことや、そのときの仕草や態度がお気に召したようだった。丁寧な運転も高評価だったらしい。

翌々日、父からお見合いの話を聞いた。

上司の息子とは聞かされていなかったが、両親と私がフレンチレストランに向かうと、同じく両親と一緒に男性がテーブルについていた。

髪は短く整えられ、背筋をスッと伸ばした姿が清々《すがすが》しい印象だった。年上の彼はとても頼もしく見えた。

食事の仕方もきれいだったし、会話も上手にリードしてくれて、私は緊張しながらも食事を楽しめたのだ。

食事が終わると、お互いの両親は先に帰り、私と武司さんは場所をカフェに移した。

私は緊張して早く帰りたかったけれど、それも失礼だし、目上の男性に自分から断るなんてことできなかった。

当たり障りのない会話が続き、特に盛り上がることもなく、私はなかなか進まない時計の針を、彼に気づかれないようチラチラと盗み見ていた。

私は退屈な女、つまらない女なのだ。会話だって彼が気を遣っていろいろと話を振ってくれるが、私は質問に答えるだけで、そこから会話を広げることができない。

きっと彼も退屈しだしている。まるでもう結婚が決まったかのように浮かれている両親には申し訳ないが、大手証券会社のエリート男性なんて私には不釣り合いだ。彼にはもっと美人や、同じく大卒で大手に勤める知的な女性が似合う。

私のように地味で、短大出の派遣社員なんて釣り合わない。

彼は紳士だからすぐに断ったりしないだけで、たぶん数日後には断りの連絡がくるだろう。

苦い気持ちでカップに残ったコーヒーを飲み干したとき、武司さんが驚くことを言ったのだ。

「今度、敷島《しきしま》公園のバラ園に行ってみませんか？」

「えっ」

意外だった。次のデートなんてないと思っていたから。それに場所が公園に隣接した無料のバラ園だったのも。

「花、お好きなんですか？」

思わず尋ねると、彼は微笑んで言った。

「ええ、好きですよ」


彼との交際は穏やかに進んでいった。しかし、私の周りは性急だった。

彼から正式なプロポーズもされないまま、両親は結婚式の話を持ち出してきた。結《ゆい》納《のう》はどこ、式場はどこ、招待客は誰など先走っていた。

私は両親を宥めようとしたが、逆に呑気《のんき》なことをと叱られた。

「おまえはボーッとしていて、変な男につけ込まれそうだからな」

「これ以上はない条件の男性よ。決して逃しちゃダメ。外堀を埋めなければ」

両親の期待を裏切ってはならない。彼からのプロポーズをもらわなければ。私はそう考えるようになった。

彼の望むように、彼の求めるように。

私は頭がよくないから、彼の会話にうまく返せないし、彼のように面白い蘊蓄《うんちく》を披露することもできない。

でも、彼の話やデートを喜ぶことはできる。

人に合わせることは得意なのだ。子どもの頃から、素直な子と褒められていた。それだけが私の長所、武器なのだ。たぶん。

彼が喜ぶことを私も喜ぶ。彼が怒ることを私も怒る。とにかく共感する。

彼と出会って三ヶ月過ぎた頃、私は正式にプロポーズを受けた。

両親はとても喜んでくれた。

親孝行ができたと、私も嬉しかった。


「なにそれ、貧乏臭いデート」

お見合い相手のことを話したら、幼馴染《おさななじみ》の友人が笑った。

「公園とか、チェーン店のカフェでお茶とか、全然お金使われていないね。高級なレストランとか、コンサートやイベントには誘われていないんだ」

「そのほうが緊張しなくていいわ。それに、そんなところに誘われていても、私は割り勘にするわよ」

だからお金のかからないデートは、私も助かるのだ。今までだって、借りを作りたくないから割り勘にしてきた。

「ふーん。つまらないわね。稼ぎがいいなら、それなりの店に連れてってくれていいのに。歳も稼ぎも上なのに割り勘なんて」


幼馴染の彼女は、私が正式にプロポーズされたという以外の情報を得ていた。浮かれた両親が幼馴染の親に言って、それが彼女の耳にも入っていたのだ。武司さんの職業、勤務先、年齢、年収すべてが。

そして、幼馴染がその情報を元に、武司さんを誘惑していたことも知った。

武司さんと高級ホテルのバーで飲んでいたことも。

敷居《しきい》の高いレストランで食事していたことも。

私とのデートは無料の公園。食事も安いカフェやレストラン。

幼馴染に見せてもらった写真に言葉を失った。

「香澄《かすみ》、あんた本当は愛されていないんじゃないの？」

私は頭が真っ白になり、本当に石像にでもなったかのように動けなくなってしまった。なにも言えず、なにも考えられず。

何分間そうしていたのだろう。気づいたときには幼馴染に強く腕を掴まれて、その痛みに我に返ったようだった。

「ごめん、香澄。心配だったの。あまりにも安っぽいデートの話しか聞かなかったから、彼が本気に思えなくて。ちょっと誘惑したら、すぐに乗ってきたし。でも、彼とは寝ていないわよ。彼を試したかったの。それだけ、信じて」

「私は高級レストランとか、コンサートには興味がないし、似合わないからいいの。気取らない場所のほうがいいのよ」

私はなにを言っているのだろう。幼馴染の言葉とかみ合っていない。その証拠に、彼女は不思議そうな表情で目を瞬く。

「……ねえ、もう少し彼のこと慎重に見てみたらどう？　交際三ヶ月で婚約、半年で入籍なんて早いわ。焦る歳でもないでしょう？」

私にはわからなかった。なにがわからないのか、わからなかった。

心配そうに顔をのぞき込む幼馴染の顔が醜悪に見えた。

私を心配して？

「焦ってなんかない。あなたが余計なことさえしなければ」

まだはっきりしない、白い霧がかかった頭で言い返す。

そう、余計なことさえしなければ。

彼女は交際三ヶ月で婚約した私を、本当に心配してくれたのかもしれない。でも、相手が高給取りの男性でなければ、誘惑までしなかっただろう。

後から調べて知った。

幼馴染を連れて行ったレストランは、ディナーのコースで二万円。ワインを入れたら、一人三万近くいっただろう。彼女と見たミュージカルのS席は二万円だった。

明らかに、私と幼馴染への対応が違う。

だけど、私はそれにこだわったりはしなかった。

私が前に読んだことのある本に書いてあったのだ。

恋人と妻に求めるものは違うと。

恋人とのデートは非日常、妻とは日常の毎日。

——なんか、つまんないんだよね。

短大に通っていたときに交際していた彼の言葉を思い出した。

——キミってさ、お淑《しと》やかで女らしくて可愛《かわい》いと思ったけど。ただ、大人しいだけだなって。ごめんね。

そう言って、彼は私から離れていった。

つまらない人間。それを理由に私から離れていったのは、彼が初めてではなかった。

私は刺激のない、つまらない女らしい。でもそれは恋人として、だ。

妻として望まれるのは違うことなのだ。恋人のように、刺激や面白さではないのだ。

だから、最終的に選ばれたのは私。

幼馴染はもう武司さんには近づかないと誓った。それが守られているのかどうかはわからない。

「もう少し、様子を見てみたら？」

そう主張する幼馴染の言葉は負け惜しみに聞こえた。私と違って男性経験の多い彼女は、まだ独身だ。

確かに交際半年で結婚は、一般的に早いのだろう。でも、結婚前提にしたお見合いだし、親同士も承諾している。

親も武司さんも、早い結婚を望んでいる。

なぜなら、武司さんは三十五歳。私は二十八歳。のんきに二年も、三年も交際していたら私は三十路《みそじ》過ぎ、彼だって四十歳間近。子どものことを考えれば、結婚を急ぐのは当然だ。

はっきり言葉にはしないけれど、彼は四十前には子どもを持ちたがっている。私も産むなら一歳でも若い方がいいと考えている。母が言うには、産むだけでなく、育てるには体力が必要だから。

夕飯の後片付けのため、シンクで食器を洗っていると、武司さんが背後にそっと寄り添ってきて言った。

「式の準備は順調かい？　ドレスやブーケは、もう決まった？」

「ええ。母とドレスショップに行って、決めてきました。写真を撮ってきましたから、見ます？」

「後で見せて」

双方の両親が乗り気なので、結婚式の準備は手早く進んでいる。

招待状や引き出物は、武司さんのご両親に任せている。式場も式のプランも、武司さんのご両親の意向のままに。あちらのほうが、招待客が多いのだ。両親も彼らを立てているのだし。

私は特に不満はない。結婚式で特に望むようなことはない。結婚式を挙げられるだけで、いや結婚できるだけで満足だ。

「ところで、平行して引越の準備もしたいんだけれど、手伝ってくれるかな？」

「引越？」

私は驚いて振り向く。

「どこへ？」

「どこって、俺の実家だよ。同居することを了承してくれただろう」

武司さんはなにを言っているのだ、というように首を傾げて私を見る。

「ええ、でも子どもができるまでは、このアパートに住むのではなくて？」

「どうせ同居するなら早いほうがいいと思う。家賃なんてドブに捨てるようなものだろ。もったいない。産まれてくる子どものためにも、貯蓄を殖やしたいし。そう思わない？」

「それは、そう思うけど。でも、武司さんのご実家、私の職場には遠いし」

「どうせ、もうすぐ契約期間が切れるのだろう」

「でも、契約の更新を望んでくれて」

妊娠するまでは、今の職場で働くつもりだ。だから、職場が遠くなるのは辛い。

「派遣なんて、どこでやっても時給も仕事内容もたいして変わらないだろ」

そんなことはない。同じ事務でも職場が変われば、やることが変わるし、時給だって変わる。新しい職場に行けば、覚えなければならないこともあるし、新しい人間関係を築かなければならない。それはとてもストレスだ。

同じ職場にいられるなら、それにこしたことはない。

でも、それを彼に伝えることはしない。言ったところで、頭の良い彼は、私の順応力のなさを責めるだけだろう。

「そうね。派遣社員なんて、所詮使い捨てだもの」

「そうさ。それに妊娠したら仕事は辞めるんだろ。早く子どもが欲しいよ。香澄だって、子どもが好きだろう」

彼の機嫌が良くなる。私は正解を言えたことに安堵した。

「仕事が辛いなら辞めていいんだよ。俺が香澄も子どもも守るから」

背後から武司さんに抱きしめられる。

背中に彼の体温を感じる。

「ええ、私も早く子どもが欲しい」

そう答えながら、私の心は冷たくなっていた、

幸せなはずなのに、ときどき石が胸に落ちるような気持ちは、一体?

——香澄さんが、本当に素直なお嬢さんで嬉しいわ。

——ええ、香澄は素直なだけが取り柄で。強い反抗期もなかったので、親としては楽でした。

義母と母の会話が蘇る。

私の取り柄は素直なこと。容姿も学力も抜きん出た能力もないけれど、人に嫌われることのない平凡な人間だ。

胸の奥の違和感は、マリッジブルー。無視して構わない。結婚してしまえば、きっと消えてしまう。

きっと……、消えるはず。


結婚式まで、あと一ヶ月。

わざわざ幼馴染が、招待状の返信ハガキを持ってやってきた。

「あら、うちに来るなんて久しぶりね」

母が大歓迎で彼女を招き入れ、誇らしげに紅茶とお菓子を大盤振る舞いする。笑顔の裏には優越感が見え隠れする。自分の娘より学歴があり、よい会社に勤めている彼女。私が先に結婚することに優越感を持っているのだ。

母にとっては学歴で勝てなかった相手に、結婚の早さで逆転できたということなのだろうか。

私は幼馴染の彼女と競争していたつもりはないのに。

「どうぞ、ゆっくりしていってね。結婚したら、遠く行っちゃうから」

「え？」

幼馴染が驚く。

「遠くって、しばらくはここから近い旦那さんのアパートで暮らすのでは？」

私と母の顔を交互に見ながら尋ねる。私が迷っているうちに、母が先に説明する。

「家賃って、お金をドブに捨てるようなものでしょう。もったいないから、彼の実家に同居することにしたのよね、香澄」

母の圧力のかかった笑顔。私は素直にうなずく。彼女は驚いた顔でなにか言いかけたが、すぐに口をつぐんだ。誤魔化すように瞬きを繰り返して、ありきたりな反応をする。

「香澄は、この町を離れるんだ。寂しいな」

「でも、車で三十分ほどだし」

私は言い訳のように付け加える。

「そう」

母がややはしゃいだ様子で結婚式の話をする。料理や引き出物、会場のコーディネイトなど。幼馴染はそれは素敵ですねなどと、当たり障りのない返答をする。

「なんだか、あっという間ね。式の準備も順調でよかった」

ティーカップをソーサーに置く彼女。

私は彼女の裏切りを許したわけじゃない。他人の婚約者を誘惑するなんて、どんな理由があろうとも許されない。

でも、幼稚園の頃からつき合っていた彼女は、もう姉妹《かぞく》のような存在だったし、親同士も付き合いが長いし、結婚式に呼ばないわけにはいかない。結婚したら物理的にも遠くなるし、関係も自然と薄くなるだろう。

永久の別れでないにしても、離れると思うと寂しくなるものだ。

私は他人と衝突することがない代わりに、深い人間関係を作るのが苦手だった。交友関係は広く浅く。招待客のリストを作っていて、呼びたい友人がいないことに気づいた。

高校、短大の友人とは卒業後会っていない。仕事関係は派遣社員ということもあり、プライベートで一緒に出かけるような同僚もいない。会社ではにこやかに雑談したり、ランチもしたりするが、社外に出ればただの知り合い。

親戚以外には、幼馴染の彼女しか浮かばなかった。

「結婚式、来てくれるのね。ありがとう」

出席に丸が書かれたハガキを手に取る。

「徒歩五分の距離なのに、郵便で送るのもなんだか他人行儀な気がして」

本当は私の様子を探りにきたのでしょう、という言葉は飲み込む。

「仕事をしながら式の準備は大変？　疲れているみたいだけど」

「ええ、仕事の引き継ぎもあるし」

彼女に口を挟ませないよう、言い訳のように付け足す。

「契約を更新しないことにしたの。どうせ派遣社員だもの。彼の実家から近いところで働くわ」

「それは、残念ね。良い職場だって気に入っていたのでしょう？」

「でもいつかは契約が切れるんだし。べつに構わないわよ」

彼女はなにか言いたそうな表情で、そっとティーカップに口をつけた。なんとなく、いたたまれない気持ちになり、私は立ち上がった。

「紅茶のお代わりを淹《い》れるわ」

腰を折って、自分と彼女の空になったティーカップに手を伸ばしたとき、私の襟元からなにかが落ちた。

ヒラヒラと宙を舞って床に落ちたそれを、彼女が拾う。

「花びら？　なんの花？」

彼女の指先には、見覚えのある青紫の楕円《だえん》に近い花びら。

「……菫よ。菫って、お店の人が言っていたわ」

「え？　これ菫の花びら？　菫なんてどこに？」

幼馴染が部屋を見回す。

この家に菫はない。いつ私の服に花びらが付いたのだろう。しかも、今まで気づかずに。

「武司さんの部屋にある菫だと思う」

「武司さん、菫なんか育てているの。意外と、可愛いところがあるのね」

違う、私が持っていったの。育てているのも私。そう言おうとした唇が止まる。私の頭の中は、花びらがいつの間にか付いていたことよりも、菫を受け取ったときのことを思い出していた。


そこがフィトセラピーの店なんて知らなかった。

そもそも、私はセラピーなんか必要としていない。

でも、なぜか二度も足を運んでしまった。

迫り来るような植物のにおい。微かに混じる水のにおい。

その中で、小さな青紫の花に目を奪われた。目が離せなくなった。

「菫がお好きなのですか？」

「あ、いいえ、そういうわけでは。でも、なぜか目が離せなくて」

「お疲れのようですね。もしよろしければ、こちらの菫をお持ちになりませんか？　菫も、あなたのそばにいたいようですから」

店主は私に告げた。そのときは頭の中がフワフワしていて、記憶が曖昧だ。

「この花が貴女《あなた》を助けたがっているんです。きっと貴女を癒《いや》し、力になってくれますよ」

菫が？　こんな小さな花が？

「植物があなたの心を癒し、導いてくれるでしょう。私はその手助けをするフィトセラピストです」

私は促されるまま、森のような店内の中心にあるテーブルにつき、店主の説明を聞く。

「貴女を選んだ、この菫の声に耳を澄ませてください。きっと、力になります」

自信満々に言う彼に多少の不信感を持ちながら料金のことを尋ねる。

「保証金《デポジット》として一万円ほどいただきます。一週間お試しください。一週間後に返却していただいても、気に入って買い取ってくださっても結構です」

この菫が私を助けてくれるのだろうか？　そもそも、私は助けや癒しを求めてはいないのに。

私は……助けなど求めていない。

けれど、頭がボーッとしていたせいか、断れなかった。小さいながらも、懸命に咲いている花がいじらしくて、つい手にとってしまいたくなったのだ。それに、なにかが心に引っかかった。

店主は菫の声に耳を澄ませてと言ったけれど、確かに私には花がなにかを語りかけてきたような気がしたのだ。

きっと仕事と式の準備で疲れていたのだ。助けなど求めていないと言ったが、癒しは求めていたのかもしれない。

カルテの悩みの欄には仕事と結婚の準備で忙しいこと、そのため最近ぼんやりしていることを記載した。でも、忙しさは幸せな証拠。

「ご結婚なさるのですか、おめでとうございます」

店主が私のカルテを見て、柔らかく微笑んで頭を下げた。

「式や新居の準備にお忙しいのでしょう。それに環境が変われば、多少なりともストレスがかかりますから」

「ええ、色々とやることが多くて。籍を入れたら苗字《みようじ》が変わるので、様々な手続きもありますし」

「心身ともに、負担がかかりますね。大変でしょう」

さすがカウンセラーというべきか、私の疲れに寄り添ってくれる言葉に心地よさを感じた。だが、すぐに彼の言葉が私の心に突き刺さる。

「だからこそ貴女は菫を見つけ、菫は貴女を選んだのかもしれない」

「え？」

菫が私を選ぶ？

「菫の花言葉をご存じですか？　色々とありますが、有名なところでは誠実、貞節、謙虚、小さな幸せ。ギリシャ神話では、ずいぶんと不憫《ふびん》な乙女の化身なんです。そこから生まれた花言葉なのかもしれませんね」

「不憫な乙女？」

店主は微笑んでいたが、目は私を射貫くように鋭く光っていたようで、少し背中に冷たい空気を感じた。

「諸説あるのですが、有名なのはアポロンがイオという美しい人間の女性に恋をして口説くという話。イオには婚約者がいて、アポロンを受け入れることができなかった。だが、神を拒否し怒らせたら自分だけでなく、婚約者や家族、村の人々に災いが降りかかるかもしれない。イオは女神アルテミスに人間以外の姿に変えてくれと願い、菫の花になったというんです。求愛を受け入れなかったのに怒ったアポロンが、イオを菫に変えたという説もありますが」

「貞淑な妻の鏡みたいな花ですね」

私は青紫の花に視線を落とす。小さくて、弱々しい花。

「私は可憐でか弱い女性の内に秘める強さを感じます」

店主の言葉に、私は驚いて顔を上げた。

「権力者に屈しない精神、皆を守る強さ、そして姿を変えられても――」

店主の言葉は覚えていない。最後に彼が言ったのは？

姿を変えても、なんだったのか。

肝心なところを聞き逃した気がした。

「香澄、香澄！」

幼馴染の声に、私は我に返る。

「どうしちゃったの？　花びらを見てマネキンのように固まっていたわよ」

答えあぐねていると、キッチンに籠もっていた母が、お盆に手作りのパウンドケーキを載せて戻ってきた。

「わあ、美味しそう。おばさんも香澄が遠くへ行ったら寂しくないですか？」

「そりゃ、寂しいわ。でも、いつか子どもは親の元を離れて行くものだもの。仕方ないわ」

「同居は突然決まったんですか？」

「そうらしいわ」

「すべて相手のペースで進んでいるのね」

彼女は母ではなく、私に視線を向けた。いずれは同居する約束だったから、時期が早まるのは構わない。そう言う前に、母が代弁する。

「香澄にはそのぐらい強く引っ張っていく相手がいいのよ。楽でいいでしょ」

母が私に同意を求める。私は黙ってうなずく。

「どうせ同居するなら、早めにして慣れた方がいいわよ。そのほうが義両親にも可愛がってもらえるし。相手のお家《うち》はしっかりしている方々だから、そのほうが私も安心」

母は私の肩にポンと手を置く。

「それじゃお母さん、買い物に行ってくるから。あ、よかったら夕飯も食べていく？」

幼馴染を夕飯に誘うが、彼女はさすがに断る。母は残念そうな表情を作ってから、財布とショッピングバッグを持って家を出て行った。

彼女は私の手元を見て、首を傾げる。

「そんなに菫が気に入っているの？　それにしても遅咲きの菫ね。私たちの知っている品種とは違うのかしら」

「え、遅咲き？」

「菫の開花時期って、三月から五月でしょ。この辺りはだいたい四月がピークじゃない？　今はもう七月よ」

「そうなの？」

鉢の中の菫は、まるで今が満開期とばかりに青紫の花を咲かせていた。

「そうよ。覚えていない？　よく小学校の帰り道で、菫を摘んだじゃない」

「そう、だったっけ？」

「四月は菫や沈丁花《じんちょうげ》の花を摘んだり、五月はサツキの蜜を吸ったり、タンポポの綿毛を飛ばしたり。懐かしいわ」

「よく、覚えているのね。あなた、花好きだった？」

幼馴染が目をパチクリさせる。

「え、覚えていないの？　小学校に通う六年間、六丁目交差点のパン屋の横にある、ずっと空き地だったところで道草したじゃない」

ほんのりとは思い出せる。彼女と二人、ときには他の友だちとも一緒に下校していた途中の空き地。私たちはよくそこで遊んでいた。

今のように私有地への立ち入りが厳しい時代ではなかった。子どもたちが空き地で花を摘んだり、種を飛ばしたりする姿を微笑ましく見てくれた大人が多かった時代だ。

きっと、そこで私は菫を見たのだ。

友だちと一緒に、可憐で愛らしい菫の花を摘んで遊んでいたのだろう。

幼馴染が急に笑い出した。

「どうしたの？」

私はテーブルに乗り出す。

「だって、まだ大切そうに花びらを持っているから。思えば、あなたは菫がお気に入りだったよね」

彼女が指さす先には、私が摘んだままの花びら。

しばし無言が続いたが、彼女はふいにケーキを口に入れ、美味しいと絶賛する。

母の料理の腕前はすごい。母は夫を、家族を支えることこそ嫁、妻の勤めだと、喜びだと信じて生きてきた人間だ。

そんな母に育てられた私も、そういう女だ。

そう生きるのが私らしくて、幸せの道なのだ。

私は間違っていない。大丈夫。過去の思い出よりも、未来の話よ。

「あなたも素敵な男性を早く見つけたら？」

ちょっとだけ優越感を滲ませて言うと、彼女は素直に微笑む。

「ええ、そうね。幸運をぜひ分けてちょうだい」

彼女は私の手から青紫の花びらを摘まみ取る。

「結婚、おめでとう。幸せになってね」

どうしてだろう。彼女の言葉は優しくて辛い。

彼女の指先で揺れる菫の花びらが目に沁《し》みる。開けてはいけないパンドラの箱の鍵のような気がした。

食卓に並べたのは刺身盛り合わせをメインに、ホウレン草のお浸しと、豚と野菜の蒸し煮、若布《わかめ》のお味噌汁。

「刺身？」

表情を曇らせた武司さんのスーツをハンガーに掛けながら、私は謝罪する。

「ごめんなさい」

「メインのおかずがこれって、手抜きだよね」

「今日は残業で時間がなくて」

「時間がない？」

武司さんの、地を這うような不機嫌な声。私は身を竦《すく》める。

「派遣の仕事は更新するつもりだったけれど、引っ越しするなら辞めなければでしょう。だから、通常業務の他に、引継業務も発生するのでどうしても」

「言い訳はいいよ」

武司さんがナイフのように、私の言葉を切る。

「忙しいのはわかるよ。僕だってそうだ。結婚に向けて準備や事務処理もある。通常ではいられない。だからこそ工夫するべきなんじゃないかな。スーパーの刺身なんて、美味しくないだろう。これがメインディッシュなんて、情けなくないかい？　そんな食事で、香澄さんは満足できるの？」

スーパーの刺身だってそんなに悪くないと、思ってしまう私はレベルが低いのだろうか。彼の舌が肥えすぎているから。

これが育ちの違い？　家庭環境の違い？

私が彼に合わせるしかないのだ。

彼は優しく言う。

「忙しいのは今だけだろう。永遠に続くわけじゃないんだから、少しの間がんばればいいだけだろ。ほんの少しの努力が欲しいんだよ」

「ごめんなさい。これからは気をつけます」

彼はまだなにか言いたいようだったけれど、素直に謝ればそれ以上は責めなかった。

確かに、忙しく辛いのは今だけ。結婚してしまえば、夕飯を終えた後に家に帰ることもないし、その頃は仕事も変わっているはず。次は、家事が疎《おろそ》かにならないように、多少時給が下がっても、残業のない今より楽な仕事にしよう。

「最近、香澄さんの料理の腕が上がっていたから、楽しみにしていたんだよ」

彼は要求も小言も多いけれど、それを引きずったりしない。素直に過ちを認めれば、すぐに機嫌を直してくれる。

私は間違っていない。

武司さんは理想の男性だ。

自分の親に気に入られた男性だ。

肩書きも収入も申し分ない。たいして取り柄のない私の配偶者には、十分すぎる。

私は幸せだ。

夕食を終え、後片付けも済み、帰り支度をしている私の目に菫の花が止まった。水をやるのを忘れていた。

私はキッチンから水を入れたコップを持って菫に近づく。

窓辺に置いた鉢の土は乾いていて、少しひび割れていた。夏の今は気温が高いから、すぐに水分が蒸発してしまうのだろう。

武司さんは菫を気に入ってくれたようだけれど、まめに面倒をみるような人ではない。

ゆっくりとコップを傾けて、満遍なく土に水を染みさせていく。

濃茶の土が水を吸って黒色に変わっていくと同時に、土と草のかおりが匂い立つ。青紫の花から、仄《ほの》かに甘い香りが漂ってきた気がした。

「香澄はバラよりも、こんなか弱そうな可憐な花が好きなんだ」

食後の緑茶を飲みながら、武司さんが声をかけてくる。

「ええ」

「香澄もそうだよね。キミのか弱くて可憐なところが可愛いと思ったんだ。僕がちゃんと守っていくからね」

振り向けば、微笑む武司さんと目が合う。

「責任感のある誠実な香澄のことも好きだけれど、ほどほどにね」

「はい」

そうよね。これから私を守ってくれるのは、会社ではなく、武司さんなのだから。

去る会社のことは、ほどほどに。自分の健康や、武司さんとの生活を犠牲にするほどの価値はない。

そう、自分に言い聞かせる。

「ただいま」

家に帰ると、リビングでお茶を飲みながら寛《くつろ》いでいる父と母がいた。

「お帰り。ドレスショップから電話が来たわよ」

母が湯飲みを持ったまま振り返る。

「メールを送ったから、ご確認くださいって」

「そう。ありがとう」

武司さんと夕飯を済ませていたので、私は自分の部屋へと向かう。

パソコンを立ち上げてメールを見れば、ドレスショップからドレスのサイズ調整が完了したので一度試着しにきて欲しいとの連絡があった。

メールに添付されていた画像をクリックすると、スカート部が大きく広がった純白のウェディングドレスが画面に広がる。

もう一枚はお色直しのブルーのドレス。こちらも傘のようにふっくらとスカートが膨らんだデザイン。

——裾が広がりすぎじゃない？　もう少し落ち着いたデザインの方が。あんた、若い花嫁じゃないんだし。

母の言葉が蘇った。

私が選んだドレスはプリンセスラインと呼ばれる、スカートがカボチャのように膨らんだデザインだ。スカートの中に子どもが二、三人隠れられそうな。

ディズニーの映画や絵本で出てくるような、子どもが憧れるようなドレス。

母が勧めてきたのは、Aラインと呼ばれるドレスで、膨らみはなく直線的にウエストから裾へと広がる、一番一般的で年齢を選ばないデザインだった。

もうすぐ三十歳になる私には、可愛すぎてふさわしくないのかもしれない。

でも、どうしてもこのドレスが着たかった。一目《ひとめ》惚《ぼ》れのように惹《ひ》かれたのだ。特にブルーのドレスは。

パソコンの前で、食い入るようにジッとドレスを見つめる。

袖も提灯《ちょうちん》のように膨らんだ半袖。襟元には花のコサージュ。確かに、子どもっぽいかもしれない。コサージュは純白だが、その形は武司さんの部屋に置いてある菫に似ていた。

そう思った瞬間、私は思い出した。青紫の菫の花を見た日のことを。

あれは確か小学三年生のときだった。学芸会で演じる役を決める日のこと。演目は不思議の国のアリス。私はアリスの役が欲しかった。

主役が欲しいというよりも、アリスを演じたかった。不思議の国のアリスの話が大好きだったのだ。

青いドレスのようなワンピースを着たアリスの挿絵が載った本を、数えきれないほど読んだ。

役決めは立候補制。被ったらオーディション。クラスメイトの前で演技すること。

アリスを演じたい子は私を含めて三人いた。

——では、来週の学級会の時間にオーディションを行います。最初のシーンを演じてもらいますから、五ページから七ページのアリスのセリフを覚えてきてくださいね。

先生から配られた脚本をわくわくしながら何度も何度も読んで、アリス以外の役のセリフも暗記してしまうほどだった。

学級会の日、やや緊張しながら登校した私は、教室に入ったとたん、同じくアリス候補のクラスメイト、美紀《みき》ちゃんに声をかけられた。

——ねえ、香澄ちゃん。アリスの役、譲ってくれない？

彼女と、その友だち三人が私を囲んだ。

——あたし、アリスが大好きなの。どうしてもアリスの役が欲しいの。

私だってアリスが大好き、そういう前に、取り巻きのような友だちが責めるように続ける。

——美紀ちゃんは髪が長いし、アリスにふさわしいと思う。

――アリスになるのは美紀ちゃんの夢なの、お願い。

――私たち、美紀ちゃんのほうが似合っていると思ってる。

美紀ちゃんのほうが似合っていると言った子は、アリス役に手を挙げた三人のうちのひとり。つまり、私が辞退すれば、美紀ちゃんのアリスは決定だった。

お願い、お願いと繰り返す美紀ちゃんたちに押され、戸惑い何も言えない私の代わりに反論してくれたのは……幼馴染だった。

――香澄ちゃんだって、アリス大好きなんだから。

彼女たちから庇《かば》うように私の前に立つ幼馴染が、今度は彼女たちから責められる。

――でも美紀ちゃんのほうが可愛いもん。

――美紀ちゃんのほうがアリスっぽいもん。

――香澄ちゃん、髪短いじゃん。

確かに、子どもの頃の私はショートカットだった。美紀ちゃんの髪はアリスのように腰まで長い。一生懸命練習して身に着けた自信が萎《しぼ》んでいく。

幼馴染が声を張り上げ、言い返す。

――髪型なんて関係ないじゃん！

――そんなことないよ。アリスの髪って長いもん。

――髪の短いアリスがいたっていいじゃん！

幼馴染は私を体を張って守ってくれた。けれど、私は結局、オーディションに出なかった。

先生がほかの候補者はいいの、と何度も聞いてくれたけれど、私ももうひとりもオーディションを辞退した。

美紀ちゃんが嬉しそうに私に顔を向けて、唇でありがとうと言った。

彼女が喜んでくれてよかったと思うと同時に、臆病な自分に嫌気がさした。

アリスに憧れて一生懸命に台詞《せりふ》を覚えて練習したのに、最後は自分の優しさに隠れた弱さが夢を手放させた。

学校から帰ってきた私に、母がオーディションの結果を聞く。

私は素直にアリスではなく、トランプの兵隊に決まったと報告した。

――あら、主役になれなかったの？　あんなに練習していたのに。

母は落胆したように大きく息を吐いた。私は母をガッカリさせてしまったと悲しくなる。だが、すぐに母が明るい表情で言ったのだ。

――あなたにはそのぐらい、その程度の役が丁度いいのよ。失敗しても目立たないし。お母さんも安心して観《み》ていられるわ。

そのぐらい、その程度。

私は主役を演じるような器ではない、と断言され複雑な気持ちになる。でも、母を落胆させていないことに安堵もした。

美紀ちゃんだって喜んでいた。だから、これでいいのだ。

平凡に、目立たず、誰かのわき役ぐらいがいいのだ。責任感もなく、楽だし。

それでいいんだ。私は間違っていなかった、そう思った。

後悔はない……と。

だけど、学芸会当日、美紀ちゃんが着ていたブルーのドレスのようなワンピースを見て涙が出そうになった。

私は大好きなアリスになりたかったのだ。

もう二度とアリスになれるチャンスなんてないだろう。

学芸会からの帰り道、私は道端に咲いている花に足を止めた。昨日も、一昨日も咲いていたのだろう。でも、今日目に入ったのは、その花がアリスのドレスと同じ色をしていたから。

その花が菫だと、子どもの頃は気づかなかった。というか、知らなかった。

菫……、菫という花だったのか。

学芸会の記憶と一緒に、無意識に頭に刻み込んでいたのだろう。

私はインターネットで菫を検索する。菫の特性、開花時期、花言葉。

初めて知る、記憶にあった花の知識。

画面の中の菫を見ていると、学芸会の記憶が溢《あふ》れ出てきて止まらない。

悔しさ、悲しさ、安堵。

もし、私の髪が長ければ、自信を持って美紀ちゃんのお願いを断って、オーディションを受けていただろうか。

子どもは汗かきだから髪は短い方がいいと、母は肩よりも髪を伸ばすことを許さなかった。

今、私の髪が長いのは、ずっと子どもの頃からの憧れだったからだ。

もしかしたら無意識に学芸会のことを思い出して、このドレスを選んだのかもしれない。

あのとき、もう少し勇気があれば……。

「いいえ」

私は頭を振る。あれはあれで良かったのだ。それもいい経験の一つだ。

ずっと憧れていたドレス。結婚を喜んでいる両親。私にはもったいない経歴の武司さん。

私は幸せな花嫁になるのだ。


仕事は多忙を極めた。

同居が決まって、突然辞めることになったのだから当然だ。

職場の人たちには申し訳なく、せめて一ミリの不備もないよう全力で取り組みたかった。残業が増えるのも厭《いと》わない。残業代を出してもらうのが心苦しいほどだった。

去っていく会社のことなんて、と自分に言い聞かせてみても、やはり出社してしまえばそんな思いは薄れる。

一緒に働いていた彼らは正社員、派遣関係なく一つの目標に向かって進む仲間だ。いまどき珍しいほど社内の人間関係は良く、仕事内容も不満なく、本当に去っていくのが惜しい。

これから何十年も、ともに生きていく武司さんを優先すべきだとはわかっている。

でも、だからといって、手を抜いて、今まで一緒にやってきた仲間に呆《あき》れられるようなことはしたくなかった。

「しばらく、武司さんの部屋に通うのは難しいの。ごめんなさい」

武司さんの箸が止まる。怒りを押し殺したような表情に、私は慌てて理由を告げる。

「残業で退社するのが九時ぐらいになるわ。そこからここに来て食事の用意をしたら、夕食の時間は十一時になってしまう。そんなに遅い時間まで待つのは嫌でしょう？」

武司さんはゆっくりと箸を置いた。

「嫌じゃないと言ったら、遅くても夕飯を作りにくるのかい？」

「え……」

私が言葉に詰まると、彼は鼻で笑う。

「僕のためといいながら、自分のためだろう？　自分が楽をしたいのに、僕を理由にしないでくれないか」

「あ、あの、ごめんなさい。じゃあ、遅くなるけど作りにくる」

武司さんは机を叩《たた》いた。

バン、という大きな音に肩が竦む。

「そんな時間まで僕を空腹にさせることに罪悪感はないの？　そもそも、キミはいくらでも替えのきく派遣社員だろう。突然仕事を辞めたって、大きな障害は起きないはずだ。それなのに残業とか。自分の無能さのしわ寄せを、僕になすりつけるのかい？」

「でも、いきなり辞めるのだし。なるべく職場の人に迷惑かけたくないから。引継ぎや必要なことは、きっちりやっておくべきだと」

「キミが大切にしなければならないのは、辞める会社ではなく、これから世話になる僕や僕の家族だろう。僕や僕の家族を大切にしてくれる人と結ばれたいんだ。僕もキミを大切にする。だから仕事だって辞めていい。そもそも派遣社員のキミに収入なんて期待してない。キミは仕事人としての能力が低い。だからこそ家事の腕を磨くべきだと思っている」

指先が冷えていくのがわかる。

確かに私の仕事人としての能力は低いのかもしれない。就職活動がうまくいかず、最終的に派遣社員にしかなれなかった。

大手企業に勤める武司さんから見たら、学生バイト程度なのかもしれない。でも、学生のバイトだって責任感を持ってやっている人は多い。

私はうつむく。

「今日の夕食はまずまずだね。練習の成果だ。これを止めるというのかい？」

「お料理の修行なら、同居してからお義母《かあ》さんに学ぶこともできるし」

武司さんは大きくため息をつく。それが剣のように、私の心を大きく傷つける。

でも、彼に逆らってはいけない。

確かに私は派遣社員。社員よりも責任が軽いことは事実だ。仕事を辞めるなら、残される人のことなど考えずに無責任に勝手してもいいのかもしれない。所詮は使い捨て労働者。

私が大切にしないといけないのは武司さんとその家族。

それを両親も望んでいるんだから。

でも、でも……。

「いてっ！」

武司さんがいきなり立ち上がった。

私は驚いて顔を上げる。

「ど、どうしたの？」

「なにかが首筋に」

武司さんの背後には窓があるけれど、冷房を入れているため閉じているしカーテンも引いてある。外からなにかを投げ込まれたわけではない。

首の後ろをさすりながら振り返る彼が、なんだこりゃと素《す》っ頓狂《とんきょう》な声を上げた。

私はイスから立ち上がってテーブルを回り、彼の視線の先にある窓辺をのぞき込む。

「いつの間に」

気づかなかった。

青紫の花の中に、緑色の蕾《つぼみ》のようなものと、三又にさやが裂けたようなものが混じっていた。

三又に分かれたさやの中には、小さな種がぎっしりと詰まっている。

ピン！

空気を切るような小さくも鋭い音がした。見ると、丸い種がひとつ、さやの上からなくなっている。

「種よ。花に隠れて気づかなかった」

「種？」

「そう、菫の種が当たったんだわ」

菫が種を飛ばすなんて知ったのはほんの数日前。ドレスショップから送られた青いドレスの画像を見て、ふと菫のことをネットで検索したときに知った。

「菫は閉鎖花で、花を咲かせる花と、咲かせない花があるの。種を作るのは花を咲かせない蕾のままの花。蕾のまま自家受粉して種を作るの。種ができるとこうして開いて、種を飛ばすのよ。それが武司さんに当たったのね」

突然のことで驚いただろうが、所詮小さな種だ。思った通り、手をのけた彼の首裏にはケガなどなかった。

小さな種が当たったぐらいなのだから当然だ。私は、彼の痛みの正体がわかり、安心した。

けれど、武司さんは違った。

「なんだよ。そんな花を持ってきたのか。安い花の知識をひけらかして満足したか？」

武司さんは責めるように私を険しい目で見る。

「ご、ごめんなさい」

「ただの小さな、つまらない花だと思っていたのに」

武司さんは顔をしかめて、鉢に顔を近づける。

また、微かだけど、鋭い音がした。

「いて！」

今度は右目を押さえて、武司さんがのけぞった。

ピン！

ピン！

弾《はじ》けた種は小さく早くてどこに飛んだのか、人間の目では追えない。だが、この部屋のどこかには落ちているはずだ。

「なんだよ！」

武司さんが鉢を薙《な》ぎ払《はら》った。

菫の鉢が直線的に床に落ちるのを、まるでスローモーションのように私の目がとらえる。

鉢が床に落ちた瞬間、その衝撃に、種のほとんどが弾け飛んだ。

私の足にもいくつかの種が当たる。

反射的に鉢に駆け寄った。鉢は割れていなかった。零れた土をかき集めて鉢に戻し、胸に抱える。

この菫は借りているものなのに。なにより、菫は生きているのに。抵抗できない植物になんてひどいことを。

非難を込めて武司さんを見る。

「なんだよ、その目は。本当は知っていて持ってきたんじゃないか？　凶暴な花だと危険なのを知っていて」

「知らなかったのは本当です。ごめんなさい。でも、種が飛んだだけでしょう。こんな乱暴を」

するなんて、といい終わる前に頬に熱い痛みを感じて、私は床に倒れた。

殴られたのだと、すぐには理解できなかった。

床を見ると、ぽたぽたと赤い液が垂れている。

「なんで僕に逆らうんだ。僕はキミのことをとても大切に思っているのに。キミは僕が痛い思いをしてもなんとも思わないのかい？」

武司さんが悲しそうな表情で私を見下ろす。

私は彼を悲しませているのか。失望させているのか。このままだと両親も悲しませ失望させてしまうのか。

鼻が痛む。鼻の下に液体が出ている。手の甲で拭うと、それは血だった。

ピン！

俯《うつむ》いた私の頬を、武司さんに殴られたのとは反対の頬を弾けた種が叩いた。

それはほんの少しの刺激。

なにかに夢中になっていたら気づかないほどの刺激。

だけど、私の心の中にある、なにかが弾けた。

――しっかりしろ。現実を見ろ。目を背けるな。本当はわかっているんだろ。

私は顔を上げる。

この人は私を菫だと思っていたのだ。

　――小さくてか弱そうな花だね。弱いのかな。ちゃんと世話しないと、すぐ枯れちゃうかな。

　きれいな青紫の小さな花を咲かせる可憐で、か弱い植物。多くの人々はそんな印象を持っているに違いない。武司さんのように。

「なんだよ。なんか言えよ！」

　彼の足が飛んできて、私の脇腹を蹴った。

「痛い！」

　私は鉢を抱いたままうずくまる。

　床に額をつけながら考える。

　私が派遣社員で、安いデートで満足する、思い通りになる女だから結婚を申し込んだの？

　彼にとって私は弱い花。

　弱いから、自分を守ってくれる誰かの言いなりになるしかない花と彼は思っている。

　けれど、本当の菫は違う。

　可憐だけど……強い花。

　守るように胸に抱いた菫の花びらを見つめながら、彼の罵声を聞く。

「僕はキミを立派な妻にしようと思っているのに。だから、キミの手料理を毎晩食べているんだよ。外食するほうが、よっぽど美味しくて楽なのに。僕は努力しているのに、キミはくだらない仕事が忙しいとか言い訳している。僕を疎かにしている」

彼の声に震えているのか、私が震えているからなのか、青紫の花びらはずっと揺れている。

嫌だ。

私は初めて明確に思った。

今まで見ないふりをしていた。自分に嘘をついていた。誤魔化していた。

それを認める。

武司さんが高学歴で、高収入の安定した職に就いているとしても嫌だ。

彼とは結婚できない。したくない。

両親の喜ぶ顔に泥を塗りたくないから、三十歳前に結婚したいから、派遣社員で将来が不安だったから……、結婚するべき理由を並べて自分に言い聞かせていた。彼と結婚するべきだと。

でも、無理。

目を背けていれば、そのうち解決するんじゃないかと、慣れるんじゃないかと、いい方向に向かうんじゃないかと淡い期待をしていた。

　そんな都合のいいことなんてないのだ。

「わかりました。私はあなたにふさわしくない。婚約を破棄しましょう」

「は？」

　武司さんの顔面筋が脱力した。口がだらしなく開く。

　彼のこんな間抜けな表情、初めて見た。と、思った瞬間に髪を鷲掴《わしづか》みにされ、引っ張られた。

「できるわけないだろ！」

「痛い！　離して！」

　彼の手が私の髪から離れた。彼は目を手で押さえている。

　菫の種が飛んだのだ。その隙に私は菫を抱いたまま玄関へと走り出し、そのままドアを開けてアパートの廊下に出るなり大声を上げた。

「助けて、助けてください！　警察を呼んで！　誰か！」

　私の声に驚いたのか、野次馬根性か、アパートの半分以上のドアが開いて、住人が顔をのぞかせた。

　慌てて武司さんが出てきて住人に頭を下げる。

「すみません、お騒がせして。あの、これはただの痴話げんかです。お気になさらずに」

彼の人当たりのいい微笑み、整ったルックスと服装。一目で相手を信用させるような姿が、今は逆効果だ。靴も履かずに部屋を飛び出し、髪が乱れて顔から血を出している私の悲壮さが際立つだろう。

こちらに注目する住人は、ただの痴話げんかという言葉に疑問を持つに違いない。

「ご迷惑をおかけして、申し訳ございません。さ、家に入ろう。ケガの手当をしなければ」

武司さんはアパートの住人に謝罪したあと、労《ねぎら》うように私の肩に手を置く。彼の手のひらから、怒りが波動のように伝わってくる。

怖い。

今までの私なら震え上がって、とにかく彼の怒りを収めるためになんでもしただろう。

でも、今の私はそうできない。

私の中のなにかが弾けてしまったのだ。飛び出た菫の種のように。もう戻れない。

彼に腕を引っ張られるが、足を踏ん張って言う。

「家に帰ります」

ここで私を無理矢理部屋に引きずり込んだら、ここにいる住人たちに彼の暴力性を知られてしまう。賢い彼はすぐに切り替える。

「そうだね、それがいい。お互い頭を冷やそう。バッグを持ってくるよ。タクシー呼ぼうか？」

私を気遣う優しい笑みの下に、マグマのような怒りがあるのがわかる。でも、彼は私の靴を足下に置き、一度部屋に入ってバッグを持ってきてくれた。

家に帰れるのなら騒ぎ立てて、彼の忍耐を無駄にするのは得策じゃない。そんな計算ができている自分に驚きながら、私は靴を履きバッグを肩に掛け、菫の鉢を持ったままアパートの廊下を歩いて行く。

武司さんが追いかけてくる気配はなく、安心する。

廊下を歩いていると、隙間の空いた玄関ドアから声をかけられる。

「大丈夫ですか？　警察、呼びます？」

私と同じ歳ぐらいの女性が耳打ちするように、好奇心を滲ませた声でこっそりと囁《ささや》く。私も彼女と同じくらい小さな声で、大丈夫ですと答えた。

私がそう言うと、彼女はつまらなそうな顔でドアを閉めた。

家に帰ると、武司さんが先手を打っていた。

心配そうに出迎える母が言う。

「武司さんとケンカしたんだって？　あんたが興奮して、転んで顔をテーブルに打ったって」

彼の根回しのよさに、さすがだと笑ってしまいそうになる。

頭の回転も行動も素早くて、私のようなどんくさい人間を手玉に取るなんてさぞや簡単だと思っているだろう。

「なにを抱えているの？」

母が私の手元に目をとめる。

「菫の鉢よ」

鉢に目を落とすと、大きなヒビが入っているのに気づいた。土は半分もなくなって、菫の根が出てしまっている。土のにおいがツンと鼻を刺す。

「なんでそんな鉢を。服が土で汚れているじゃない。早く着替えてきなさい」

私は自分の部屋に入ってドレッサーの上に菫の鉢を置いた。ヒビは大きいが、今すぐ割れたり壊れたりはしなさそうだ。借りた物なのに、こんなにしてしまって。

少なくなった土の補充はどうしたらいいのだろう？　花屋に行けば売っているだろうか？

私はしばらく菫を眺めながら、ぼうっとしていた。

たった一時間前のことが、なんだか信じられなかった。まだ興奮していた。同時に、これからさらに乗り越えなければならない壁がいくつもあることに、心が萎えそうになる。

ピン。

わずかに残っていた種が飛んで、叱咤《しった》するように胸に当たった。

「そうね。あなたを見習わなければ」

ドレッサーの鏡を見れば、鼻血は止まっていたけれど、鼻下や襟元に血が固まっていた。

私は着替えずにそのままの姿でリビングに入ると、母が異様な物を見るかのように顔を顰《しか》めた。

「なんで着替えないの。血は早く洗わないと、落ちないわよ」

「それよりも言わなければならないことがあるの」

私は立ったままソファに座る母を見下ろす。

「私は転んでなんかいない。彼に叩かれて鼻血を出したのよ。髪も引っ張られたわ。すごく痛くて怖かった。だから、婚約破棄する。彼とは結婚できない」

母の顔面筋が脱力し、口がだらしなく開く。眉間のシワもきれいになくなっていた。婚約を破棄しましょうと言ったときの武司さんとまったく同じ表情で笑える。

どちらも、私が拒絶するなんて一ミリも考えたことがなかったのだろう。

母の顔に表情が戻ってきた。幼い子をあやすような笑顔。

「婚約破棄なんておおげさな。感情が高ぶっているのね。お風呂に入って、ぐっすり寝なさい」

「おおげさ？　私、叩かれたのよ。鼻血だって出ているでしょ。武司さんはそれを隠そうとした」

母は大きくため息をつく。

「婚約者をつい叩いてしまったなんて、バツが悪かったんでしょう。ケンカして、たった一回叩かれたぐらいで。あなたにも原因はあったんじゃないの？」

私の体と心が冷えていく。

「お母さんだって、夫婦ゲンカのときに蹴られたことがあったわ。私だってお父さんの頬を叩いたことがあったし」

「たった一回？　なら、何回殴られたら、お母さんたちは別れるのを認めてくれるの？　十回？　百回？　私はあと何回武司さんに殴られたら解放されるの？」

「そんなおおげさな」

母が声を出して笑う。

「もう招待状を送って、返事だっていただいている。式場だって、ドレスだって予約して、もうあなたたち二人だけの問題じゃないの。ささいな理由で婚約破棄なんてして、どれだけの人に迷惑をかけるつもり？　一年も経てば、笑い話になるわよ。結婚前に派手なケンカしちゃったねって」

笑い話……。叩かれて鼻血を出したのが笑い話。

「お母さんがなんと言っても、私は武司さんと結婚しない。巻き込んだ人たちには誠心誠意謝るわ。式場にもドレスショップにもキャンセルの連絡を入れます」

「婚約破棄なんて軽々しく馬鹿なこと言わないで！　あんたが恥をかくだけよ」

母が勢いよくソファから立ち上がる。

「私、恥かいてもいい。勝手に同居を決めたり、共働きなのに偉そうに私の家事を評価したり、暴力を振るう武司さんと結婚なんかしたくない。私、全然幸せじゃない」

「あんただけじゃなく、私たちだって恥をかくのよ。お父さんの立場をわかっているの？」

「お母さん。私を愛しているなら、一緒に恥をかいて。私を不幸から救って」

「あんたを愛してるから言っているのよ。愛するあんたが恥をかかないように。婚約破棄なんてなったら、もう二度とあんたは結婚できないかもしれないのよ」

母はとびきり優しい笑顔で続ける。

「お父さんには言わないでおいてあげるから。一時的な感情で物事を決めないで。とにかくお風呂に入って、寝て冷静になりなさい」

脱衣所に入って服を脱ぐと、左腰のあたりにうっすらと赤紫の痣《あざ》が浮かんでいた。

湯船に入ると体だけでなく心まで温まり、涙腺が緩んだ。

最初は素敵な男性だと思って浮かれていた。だから、本当の姿が見えなかったのだ。

違う、本当の姿を見ようとしていなかった。

両親だって喜んでいる。

これ以上のご縁はないかもしれない。

これを断ったら、二度と結婚できないかもしれない。

いろいろな理由をかき集めて、見るまいと、一生懸命に目を逸らしていた。

本当は派遣社員と見下されることも軽んじられることも嫌だった。勝手に同居を決められたのも嫌だった。そのために仕事を辞めるのも嫌だった。

涙と汗が顔を伝って湯船に落ちていく。ときどき風呂場にポチャンと音が響く。

殴られた頬と鼻の奥、そして痣がジンジンと痛む。

破談にすることはできるだろうか？

武司さんから逃げることはできるだろうか？

母は武司さんや彼家族と一緒に話をしましょうと言った。

話し合いではなく、無理にでも私を説得しようとするに違いない。全員に責められて、無理矢理にでも婚約破棄撤回ということに、そういうことになってしまうだろう。

武司さんは私が魅力的な女性だから結婚したいわけじゃない。むしろ魅力のないそこらへんに生えている雑草のような花だから妻にしたいのだ。

大人しくて言いなりになる妻。父は彼の父親の部下。私たち家族丸ごと、武司さんの都合のいい人形みたいなものだ。菫のような小さく目立たない雑草のような花。

でも、菫は弱くない。雑草は強いのだ。

彼が本当に好きなのはバラのような女性、華やかな女性。

公園やチェーン店のカフェで満足する庶民的で家庭的な女性ではなく、高級レストランやバーに連れて行きたくなるような女性。

たとえば……。

時刻は午前零時を回っていた。

それでも風呂から出ると、携帯電話を手にして、幼馴染に電話をかける。

『あら、香澄。こんな時間にどうしたの？』

彼女が夜更かしなのは知っていた。それでも、まるで私から電話がかかってくることを知っていたような、はっきりした声に安堵する。

「助けて百合子《ゆりこ》、お願い」

電話の向こうで沈黙。私はもう一度頼み込む。

「お願い、百合子……」

少しして、笑い声が聞こえてきた。

『やっと、私の名前を呼んでくれたわね』

幼馴染の彼女、百合子の笑顔が瞼《まぶた》に浮かんでくる。同時に、アリスの役を決める学級会のことも。

——髪の短いアリスがいたっていいじゃん！

あのときは、髪が短いのを言い訳に勇気を出せなかった。

私を庇い擁護し援護射撃してくれたのに、それに応えなかった。なんて弱虫な私。

もう、他人やなにかのせいにして逃げるのをやめなければ。

『香澄は私の大切な幼馴染だもの。なんでも協力するよ』


静かな細い道は進んでいくほどに、緑のにおいが強くなっていく。

まばらに建つ家々を通り過ぎ、突き当たると小さな看板が目に入る。

『ストレイシープ・フォレスト』

私は門をくぐり、最初に来たときよりもずっと魅力的になった庭を抜け、『OPEN』のプレートがかかったドアノブに手を添える。

庭も十分に緑の香りに包まれていたけれど、ドアを開けると微かな土のにおいが消えて、水のにおいに代わり、さらに濃厚な花や葉、植物のにおいが溢《あふ》れ出《だ》してくる。

「いらっしゃいませ」

棚の鉢植えを世話している店主が笑顔で振り向く。フワフワと揺れる柔らかそうな癖毛。

植物の世話なんて肉体労働が多いはずなのに、彼はどちらかと言えば華奢な体つきをしている。力仕事は背の高いアルバイトの男の子にさせているのだろうか。今日、彼はいないようだけれど。

「ご返却ですか？」

私が抱えている菫の鉢を見て、店主が尋ねる。鉢にヒビを入れてしまったのを申し訳なく思いながら答える。

「いいえ、買取です」

店主が微笑む。さきほどの挨拶代わりの笑みではなく、本当に嬉しそうに。

「お役に立てたようですね」

「はい、とても助かりました。助けてもらいました」

私は鉢を水のにおいがするガラスのテーブルに置いて、バッグから財布を取り出す。

「レンタル料一週間一万円でしたよね。買取料金は？」

「買取なのでレンタル料はいりません。買取料金は一万円です。ちょうどデポジットに一万円をいただいているので、どうぞそのままお持ち帰りください」

「え、本当に？」

財布の口を開いたまま、私は呆《ほう》けてしまった。

たった一万円で、新しい人生を手に入れられたなんて。

——助けて百合子、お願い。

——やっと、私の名前を呼んでくれたわね。

私はもう一度、百合子に武司さんとデートしてくれるように頼んだ。そして、その証拠を残すように。

百合子はこうなることを予知していたように、以前のデートの証拠も残しておいてくれていた。

百合子は一線を越えていないと言っていたけれど、今の私はむしろ越えていて、いっそ結婚してくれないかなと思った。

彼にとって私は踏みにじられる雑草だけど、百合子は違う。彼女は細やかな手入れがいるバラ、あるいはカサブランカ。

雑草のような私には王様の態度の武司さんも、カサブランカのような百合子には、王女に跪《ひざまず》く騎士になれたかもしれないから。

——あなただったら、武司さんを逆に手玉にとって、幸せな結婚生活を送れるんじゃないの？

——私もそう思った。でも、やっぱりいらないわ。

武司さんは女王の騎士にはなれない。女王から不合格をもらったのだ。それがとても愉快で、私は久しぶりに心から笑った。

両親たちを交えた話し合いをする前に、私は武司さんをカフェに呼び出した。彼は休日だというのに、イタリア仕立ての素敵なスーツ姿で現れた。初めて会ったときのような優しい笑顔を浮かべて。

私を宥め賺《すか》し、陥落させるつもりだったのだろう。

席に座ると、私に暴力を振るったこと、菫の鉢を払い落としてしまったことを丁寧に詫《わ》びる。私のケガへの気遣いも忘れずに。

思わず、もう一度ぐらいはチャンスを与えてもいいのではないかと考えそうになるほど。

その思いを振り切って私は、彼の浮気の証拠を、お洒落《しゃれ》な丸いテーブルの上に置いた。

百合子を誘うメールのコピー。二人が五つ星のホテルでディナーしていたり、抱き合ったりしている、ツーショットの写真。

武司さんから表情が消えて、それから顔が変に引《ひ》き攣《つ》り出した。頬や口元が妙な動きをし始める。

自分がいくらでもコントロールできると思っていた人間に反撃されると、こんなふうに制御不可能になってしまうのか。

激しい怒りのオーラを感じる。でも、ここで私に暴力を振るったら、それこそ刑事事件になってしまう。彼は利口で計算高い人だから、人目に付くところで自分に不利になるようなことは絶対にしない。

怒りに輪郭が歪《ゆが》むほど頬を細かく振るわせていても、絶対に人前ではみっともない姿を見せない。それくらい、彼はプライドが高い。

「武司さんもご存じのように、彼女は私よりもずっと素晴らしい女性です。学歴だって、職歴だって、容姿だって私より上です。いっそ、彼女と結ばれたらどうでしょう。私は今回の暴力も、浮気のことも誰にも言うつもりはありません。婚約を破棄していただけるのなら」

彼は一生懸命に沸き上がる怒りを静めながら、アイスコーヒーを飲む。それから私を睨《にら》みつけてツバを吐くように言った。

「家族共々くたばれ」

恐ろしい般若《はんにゃ》の顔をして。

それが彼の本当の顔なのだろう。

私も卑屈なほど怯《おび》える醜い顔を一生懸命に隠していたのだ。


「庭に植え替えるなら気をつけてくださいね。とても繁殖力が強いので」

店主の声に、私は我に返った。

植物療法の店『ストレイシープ・フォレスト』。

「ええ……知ってます。とても強い花……だと」

私は雑草だった。武司さんは雑草を弱いもの、自分より下のものと認識していた。

私自身もそう思っていた。

百合子は名前の通り、華やかで美しいカサブランカのような女性。

それに比べて、私は引き立て役のカスミソウ。

百合子のことは大切な幼馴染で、彼女のことを好きなのも、尊敬しているのも嘘じゃないけれど、醜い嫉妬も心の底に転がっていた。

それは私の自信のなさ、卑屈な心から生まれたものだ。

もう、カスミソウだからと卑屈になんかならない。

雑草は強い。人間に手入れしてもらわなければ、美しい花を咲かせられない植物たちとは違う。

私は雑草。美しくなくとも、強い花。

店主が言った言葉を思い出す。

――権力者に屈しない精神、皆を守る強さ、そして姿を変えられても――。

姿を変えられても恋人や皆を愛し守ろうとした、気高い魂。バラやカサブランカの華やかさはなくと、人々に愛される花。

それが、小さな菫が持つ強さなのかもしれない。

私もバラやカサブランカになれなくとも、自分の正義を守る菫にはなれるかもしれない。

私は清々しい気持ちで店を出る。

すでに夏の気配をたっぷり孕《はら》んだ風が、緑の香りを纏《まと》って過ぎていく。

空は今の私の心のように、澄んだ青色。

背の高い男の子、アルバイトの子が門からこちらに向かってくるところだった。

彼は驚いた表情で私を見ている。

私が小さく頭を下げると、彼は慌てて、腰を九十度に折って「またのご来店をお待ちしています」と叫ぶように言う。とてもセラピーの店とは思えない、体育会系のチェーン居酒屋のような大きな声に、私はつい笑みを浮かべてしまう。

●

丈太郎が店に入ると、花宮が花を手入れするのを止めて、不思議そうな顔をして尋ねる。

「どうしたんだい？　まるで幽霊でも見たような顔で」

「いや……逆です」

「逆？」

花宮がますます不可解そうに首を傾げる。

「今、門のところで前に二度来たお客さんとすれ違ったんですけれど。なんか、ずいぶんと雰囲気が変わっていて。あ、えっと、前に来た人ですよね？」

顔立ちも背丈も変わっていないが、なんというか雰囲気と一言では片付けられないなにかが変わっていた。花宮が別人だよと言ったら、そうだったんだと信じられる。むしろ、別人だと言って欲しいぐらいだ。

前の彼女は本当に幽霊のようだった。体が半分透けているような、まるで生き霊のような不気味さを纏う彼女に、恐怖で背筋が凍った。

身長一八五センチ、体重九十キロ、体脂肪率十パーセントの丈太郎は、外見で怖がられることはあっても、怖がることはまずない。まして相手は女性。

だが、どんなに筋力があろうとも、幽霊には無効だ。だからこその恐怖を彼女に感じたのだが。

さっき会った彼女からは確かに生命を感じ、瑞々しい花を目の前にしたような惹かれる存在感があった。

花宮が小さく笑って解説する。

「彼女はずっと自分に嘘をついていたんだよ。嘘を纏い、嘘で固められていたから、彼女の本当の姿が誰にも見えなかったのさ。僕にも、キミにも」

丈太郎の疑問と動揺を見透かして、花宮が言う。

「だから亡霊みたいで怖かっただろう？　そう、まるで彼女は生霊だったね」

花宮の視線に射すくめられて、丈太郎は口を閉ざす。

とても穏やかなで、どこか冷たく澄んだ水のように、なにもかも見透かしたような花宮の目。毒にも食料にもなる花。彼に感じる二面性に、丈太郎は微かに怯える。

「これが植物療法ですか？　菫の鉢を渡すだけで、人を助けることができたんですか？」

信じられないというよりも、困惑して尋ねる。

セラピーとは何度も店に通って、カウンセリングをして問題を解決するものだと思っていた。

もしかしたら丈太郎の知らないところで、花宮と彼女が幾度も接触していたのかもしれないが。

「そうだよ。これが僕流の植物療法さ」

天井から垂れている蔓の先を指先で弄《もてあそ》びながら、花宮は得意げに笑みを浮かべる。

「植物療法と一口にいっても、いろいろな手法がある。ハーブなどを使った薬草療法やアロマを使った芳香治療。植物を育てることによって治療する園芸療法。森林の中に身を置くことによる癒しで治す森林療法。基本は植物の力を借り、その人本来の治癒力を高めて不調を取り除く。僕の治療も同じだけれど、ほんの少し違うのは、もっと直接的に植物に力を借りるんだ」

「直接……って？」

「直接は直接だよ。忘れたのかい？　前に僕が言ったこと」

蔦から指を離して、花宮は丈太郎のそばに寄る。

花宮よりも丈太郎の方が十センチ近く背が高い。だから花宮が見上げるように丈太郎の顔をのぞき込む形になる。

「植物同士のコミュニケーション。植物は人間とは違う五感を持っている。動けない植物は鋭く動物の罠《わな》を見抜く。例えば人間の嘘とかも。相手の本質を見ることができるんだ、ってこと」

——キミは三つ、僕に嘘をついたね。

花宮の瞳に映る自分の顔が、わからない恐怖に歪んでいる。

「僕の療法は森に迷った羊に道を示すんだ」

花宮が踵を返して、丈太郎のそばを離れる。棘のように突き刺さる、花の芳香から解き放たれ、深く息を吐いた。安堵したのも一瞬。花宮が振り返り、丈太郎の目を真《ま》っ直《す》ぐに見つめる。

「キミにもそのうちわかるよ」

「え？」

「改めて、ようこそストレイシープ・フォレストへ」

花宮が両腕を広げる。彼の柔らかそうな猫毛が揺れている。彼岸花と同時に、赤く染まった空を思い出させた。

——Red sky at night,shepherd's delight.《夕焼けは羊飼いの喜び》 Red sky in the morning,shepherd's warning.《朝焼けは羊飼いの憂鬱》

花宮との出会い。それは、丈太郎にとって夕焼けか、朝焼けか。

二匹目　デス・ホワイト《死の花》

高校二年生の夏休みと言えば、青春真《ま》っ直中《ただなか》。

友情や恋愛、未来の自分に夢みて、ときに迷い、ときに躓《つま》きながらもまっしぐらに駆けて行く。

利根川《とねがわ》のサイクリングロードを自転車でひた走る丈太郎の姿は、青春映画の一コマのようだった。

が、本人にそんな爽やかさは微塵《みじん》もなく、汗だくで暑さに辟易《へきえき》していた。

まだ午前九時だというのに、太陽は彼の体に熱を降り注ぐ。すでにTシャツもトレーナーパンツも汗だくだ。

川面《かわも》を滑ってくる風はやや涼しく、せせらぎの音と波の煌《きら》めき、そして微かな水のにおいはわずかな慰めにはなったが、それもここまでだ。

丈太郎はサイクリングロードを抜け、少し寂れた街へ入って行く。

行き先はもちろん、ストレイシープ・フォレストだ。

「あれ？　なんか涼しい？」

この裏道は、周りよりも少し体感温度が違う。

静かで薄暗いからそう思えるのかもしれない。

細い裏道にポツンポツンと建つ家は、空き家ではないが老夫婦やひとり暮らしの家庭が多いのか、みな息を潜めるように静かな住人ばかりらしい。

丈太郎が庭のすみに自転車を停《と》めると、店の扉が開いた。

「おはよう」

まるで丈太郎の気配を感じ取ったかのように、花宮が姿を現す。最高気温三十五度とニュースが流れているのに、白い長袖のシャツを着た彼は、まるで避暑地軽井沢にでもいるかのように涼しげだ。柔らかそうな髪がたおやかに揺れている。

「表の庭に水やりしたら、裏庭の草むしりをお願いしていいかな。水分補給は忘れずに。こまめに店に入って休んでね。僕は研究室に籠もっている。キッチンは自由に使っていいから」

花宮の声のほかに、低く唸《うな》るような雑音が聞こえる。音源は花宮の腹らしい。

「花宮さん、最後に食事したのはいつですか？」

花宮が小首を傾げて指を折る。

丈太郎はときどき本気で、花宮は霞《かすみ》を食って生きているのではないかと思う。出勤してみると、ガラリと店や庭が変わっているときがある。寝食を忘れて仕事しているようだ。

一度、糸が切れるように、本当にいきなり花宮が庭で倒れ、救急車を呼んだことがあった。救急隊員に寝ているだけですと言われたときの恥ずかしさったら……。それでも彼に懲りた様子はなく、水さえあれば一ヶ月は十分生きていけるはずだと、植物のようなことを言う。

そこそこ脂肪と筋肉を蓄えている、丈太郎ならギリギリいけるかもしれない。が、どちらも平均男性よりも少なそうな花宮には無理だと思う。

彼のことはまだまだ謎が多いというか、為人が掴めない店主だ。

「ちゃんと食事してくださいね」

「はーい」

花宮は誤魔化すように、笑顔で手をひらひらと振りながら店の中に戻ってしまった。

また倒れたりするなよ、と心の中で言いながら丈太郎は、近くにある水道水の蛇口を捻った。

勢いよく弧を描き飛び出す水に顔を突っ込んだ。飛び散る水しぶきが小さな虹を作ったが、誰にも気づかれない。

真夏日の空の下、自転車で家から約四十分かけて漕《こ》いできた丈太郎はすでに汗だくで全身濡《ぬ》れている。

だから今更水道水を全身に被ったところで、どうってことない。

冷たい水を頭から浴び、口に含んで生き返る。

強い風が吹いた。植物たちがざわめき、緑のにおいが濃くなる。体温が攫《さら》われて、涼しさが体を駆け抜けた。

「今日は風があるからマシだな」

小さく、大きく、風に奏でられながら足元の雑草も揺れる。

サワサワ、ザワザワ、ザラザラと葉の擦れる音も様々だ。

「ん？」

風以外の音を丈太郎の耳がとらえた。

異音が聞こえた方、門へと抜き足差し足で近づいていく。

音は壁の向こうから聞こえてくる。

気配を殺しながらそっと門から顔を出してみれば、蔦を引きち切りながら壁を蹴る小学生くらいの男の子がいた。

男の子の手から緑の葉が零れ落ちる。

「おい、お前！」

せっかくきれいに整った壁になんてことを、と怒りに任せて声を荒げた。

丈太郎の声に、男の子が驚いて飛び上がった。

男の子と目が合った瞬間、丈太郎の動きが止まる。

彼の目に大粒の涙。

驚きと怯えの中に、傷ついた心を垣間見《かいまみ》て、以前の自分の姿と重なった。

「ま、待て！」

逃げ出そうと踵を返した男の子の腕を、反射的に摑む。

男の子は火が付いたように泣き出した。

「え、ちょ、ちょっと、お前」

丈太郎が狼狽える。これでは自分が悪者のようだ。とは言え、蔦を引きち切って壁を蹴っていた犯人を逃がすこともできない。

どうしていいかあたふたしていると、再び店の扉が開いて花宮が姿を現し、大泣きする子どもと、動揺している丈太郎を交互に見て目を丸くする。

「あ、あの、この子が壁を蹴ったり、蔦を引きち切ったりしていたので注意しようとして……」

子どもを虐《いじ》めているわけではないと、言い訳するように焦って状況を説明する。

男の子は花宮の登場に怯えて、さらに大きい泣き声を出す。

花宮がゆっくりと男の子に近づいて、頭にそっと手を置き、腰を屈《かが》めて彼の顔をのぞきき込んで微笑む。

「いらっしゃいませ、小さなお客様」

男の子が泣き止み、驚いた顔で花宮を見返す。花宮が離すようにと丈太郎の手に触れると、自然に子どもの腕を摑んでいた手の力が抜けてしまった。

丈太郎の手が離れても、男の子が逃げる様子はなかった。大人二人に囲まれて諦めたというよりは、魅入られたように花宮を見つめている。正確には、花宮が片手で抱いているスズランの鉢植えに。

「客……ですか？　まだ、小さな子どもなのに」

花宮は丈太郎にも微笑みを向けて言う。

「子どもとか大人とか関係ないよ。ここに来る人は、みなお客さんだ。悩みや苦しみを抱いて助けを求めている、ね」

花宮は男の子に向き合あって言う。

丈太郎が決まり悪そうに黙り込むと、花宮が小さく笑みを零す。

「心当たりがありそうだね」

「……すみません」

丈太郎が強く出られなかったのは、蔓を毟《むし》る男の子が目を真っ赤に腫らして、固く唇を噛《か》んでいたからだ。なにかにじっと耐えているように。

一瞬、自分の姿と重なった。

「あまりに悲しいことや辛いことがあったとき、人は何かに八つ当たりしてしまうこともあるだろう。だからといって、他人のものを壊したりする免罪符にはならないが」

空き家だからいいだろうと、壁を蹴って怒りを発散していた丈太郎は、いたたまれない気持ちでうつむく。

「俺も、この子と一緒です。壁に八つ当たりして、あげく高価な鉢植えを割ってしまった」

「ああ、そうだったね」

花宮は笑う。

「困ったことに、僕は子どもに弱いんだ。だから壁を蹴って壊したり、葉を毟ったりするぐらいはいいんだ。さ、みんなでおやつの時間にしようか」

優しい口調と仕草で、花宮は男の子を誘う。彼は戸惑いの表情を見せていたが、逆らえずに花宮の後を引っ張られるかのようについて行った。

丈太郎も二人について行く。

「うわ……すごい」

店に入った瞬間、男の子はなにもかも忘れたように目を見開き、口を大きく開けて立ちつくす。

花宮は抱えていたスズランの鉢を池のようなテーブルに置いて、バックヤードに去って行く。

男の子と二人きりになった丈太郎は決まり悪そうに、男の子は物珍し気に店内を見回す。

「まだ立ったままなのかい？　さあ、座って」

花宮がトレイに三つのグラスを載せて、奥の扉から出てきた。

テーブルを挟んで、花宮と男の子がイスに座る。

丈太郎は店の隅に置いてあった、二段の小さな脚立に腰を下ろすことにした。

「レモネードは好きかな？　特別にキミにはたくさん蜂蜜をいれたんだ。甘くて美味しいはずだよ」

そう言いながら花宮が手に持ったグラスをテーブルに置くと、その振動に怯えたメダカが、いっせいに姫睡蓮や藻の影に隠れた。

「僕は花宮瑞樹《みずき》。この店、ストレイシープ・フォレストの店主だよ。キミは？」

「ひ、日野《ひの》祐介《ゆうすけ》」

「祐介くんか。何歳?」

「七歳。あの、お店って、お花屋さん?」

「お花屋さんじゃないよ。ここは悩みを相談する場所なんだ」

「悩み?」

祐介が神妙な顔をしてスズランを見つめる。

「スズランが好きなの?」

「お隣さんのベランダにも咲いていた。もう、枯れたけれど。まだ、咲いている花があるなんて」

祐介の言葉に、丈太郎も不思議に気づく。

この辺りのスズランの開花は五月から六月。真夏の今に真っ白い花を咲かせている不思議。

花宮が意味深な笑みを浮かべる。

「これは特別に、ちょっと手を加えたんだ。ところで」

白い鈴のような小さな花をそっと指先で触れて、花宮が問う。

「ねえ、知っている? この世には本当の、純白の花が存在しないことを」

丈太郎と祐介が顔を見合わせる。

「花の色には意味があるんだよ。青い花は青色である理由が、赤い花は赤色である理由が。自分たちに都合の良い虫をおびき寄せるために、その虫が好む色をしているんだ」

「虫ならどれでもいいってわけじゃない、ってことですか？」

「そう。色だけでなく、匂いや形で虫をおびき寄せる花もあるけどね。早春から春にかけて咲く花には黄色いものが多いって知ってる？」

祐介は思い切り首を横に振り、丈太郎は考え込む。

春と聞いて頭に浮かんだ福寿草、菜の花、タンポポはみな黄色い花を咲かせる。確かに、黄色い花が多い気がした。

「黄色い花は比較的、特別な動物との結びつきが少ないものが多い。まだ昆虫が活発に動かない時期には、選《え》り好《ごの》みしていられないからだという説がある。例えば春の代表的な花、タンポポはたくさんの昆虫に食事を提供する〝大衆レストラン〟なんていわれているんだよ。蜜を吸いにくる蟻《あり》や蝶《ちょう》だけでなく、花粉を食べに来るモモブトカミキリモドキやコアオハナムグリなどの甲虫やコロギスなどの幼虫、花びらはノミハムシたちに食べられ、葉はヒトリガなど蛾《が》類の毛虫に食べられる」

「なんか……凄《すさ》まじいですね」

全身を食い尽くされる様子を想像した丈太郎が顔を歪めるのを見て、花宮は少し意地悪そうな顔をして続ける。

「黄色い花は、カロテノイドという色素成分が作り出す。植物の葉や花の色を構成する色素成分は主に、フラボノイド、カロテノイド、ベタレイン、クロロフィルの四種類。他にも赤や黒の色素成分になるアントシアニンがある。なら、白は？」

鈴を揺らすようにスズランの花を指先でもてあそぶ。

祐介は難しい単語にチンプンカンプンらしい。ぽーっと口を開けている。丈太郎はしばし考え込み、窺《うかが》うように口を開く。

「え、えっと、どれも持っていない、とか？」

「正解！」

花宮が手を叩いた。

「そう。なにもない。白く見えるのは空気を含んでいるから。その証拠に、空気を押し出してしまえば消えてしまう」

花宮は躊躇なく、小さなスズランの花を摘んで指先で押しつぶした。

「ほら、空気と水分を抜いてしまえば、なくなってしまう」

彼の指先には、透明……、と言うよりも中身をなくして皮だけになったという表現がふさわしい、薄っぺらになったスズランの花びらが引っ付いていた。

　スケルトンになった花びらを持つ花宮は、無邪気に蟻を踏み殺して笑う子どものように見えた。

「とはいえ、なにもなければ虫も認識できない。真っ白に見えても、少量のフラボノイドが含まれていたりするんだよ。だから僕らには白色に見えても、決して純白ではないんだ。ただ、突然変異で本当の純白の花が生まれることもある。色素を持たないアルビノの花。そこには誰も、虫も寄っていかない。だから自然淘汰《とうた》される、デス・ホワイト。死の花と言われる純白の花」

　花宮の指から花が落ちる。それは不格好で危なっかしい螺旋《らせん》を描いて地面に落ちた。

「でも、人間が品種改良して作り出した純白は別だ。虫が寄りつかなくても、人間が虫の役割を果たすからね。つまり、人間は存在しないものを生み出す。そして、自らその植物の奴隷になる」

「……なんか、怖いですね」

　丈太郎の言葉に花宮は微笑みながら、祐介の頭を撫でる。

「退屈だったかい？　難しい話をしてしまったね」

　人形のようにスズランを見つめていた祐介が、我に返ったように目を大きく瞬いた。

「せっかく訪ねてきてくれたんだから、植物の難しい話なんかよりも、祐介くんの話を聞こう」

「僕の？」

花宮がテーブルに肘をつき、身を乗り出す。

「そうだよ。カウンセリングだ」

「カウンセ……？」

祐介が不安げに身を縮める。

「お話をしよう、ってことだよ」

祐介に向けてウインクする花宮は、水を与えられて瑞々しさを取り戻した花のようだった。目元のクマが消えているように見える。

「壁を蹴るほど、嫌なことや悩んでいることがあるんじゃないかい？」

祐介はうつむいて、じっと手元のレモネードを見つめている。やがて、幼い唇から小さな声が漏れた。

「壁を蹴って……ごめんなさい」

「いいんだよ。それより、壁はキミの悩みや苦しみを取り除いてくれたかな。ここは、そのための場所なんだ」

祐介が戸惑う目で、花宮の顔を伺う。

「あ、難しい言い方をしてしまったかな?」

花宮が「うーん」とうなりながら、困った表情で言葉を探す。

テーブルの上のスズランが、空調の風に微かに揺れている。気のせいか、鈴の音が耳の奥で鳴る。

「……妹が嫌い」

ふいに、祐介がスズランに向けてポツリと漏らした。

それは小さな声で、呟《つぶや》くと言うよりも、力を抜いた隙間から心がほんの少し零れ落ちた、そんな感じだった。

兄弟ゲンカでもしたのかと軽く考えた丈太郎の耳に、衝撃的な言葉が飛び込んできた。

「パパも、ママも妹のことばかり。きっと、僕はいらないんだ。だって、僕はママの子じゃないもん」

「祐介くんのママは、本当のママじゃないのかな?」

花宮が尋ねると、祐介の目から大きな涙が零れた。

「僕のママは病気で死んじゃったの。新しいママは妹を産んだの。それから僕はいらない子なの。だって、パパとママの子は妹だけだもん」

丈太郎の動きが止まる。喉を流れたレモネードが苦くなる。

突然やってきた難問に、花宮はどうするのだろうと彼の横顔を見つめる。彼はまったく動揺していないのか、それともうまく隠しているのか、先ほどと変わらず穏やかで慈愛に満ちた目を祐介に注いでいる。

「祐介くんは、パパやママとも仲が悪いの？」

花宮の質問に、祐介はしばらく黙り込んで、それから小さく首を振った。

「家族みんなと食事している？」

今度はすぐにうなずいた。

「でも、パパはお仕事で、いないときのほうが多い」

「帰ってくるのが遅いんだ」

「うん」

「日曜日とか、パパがお休みの日は一緒に遊んだりするの？」

「……ときどき」

丈太郎は手の中のグラスを見つめて考える。

幼い妹にはどうしても手がかかる。それを祐介が寂しがっているだけで、ちゃんと愛情を受けているなら、彼を慰め説得し、わかってもらえればいい。

最悪なのは、本当に夫婦の子ができたことで、連れ子が虐待されているパターンだ。虐待とまではいかなくとも、あからさまに差別されていたら、彼の将来が心配だ。きっと寂しさと悲しさで、心が歪んでしまう。

花宮も前者か後者か見極めるために、祐介に質問をしているのだろう。

「お友だちと遊んだりしないの？」

「妹と遊んであげないといけないから。妹はまだ小さいし友だちいないし。僕はお兄ちゃんだし」

「えらいね。祐介くんはいいお兄ちゃんだ」

「……本当はお友だちと遊びたい」

祐介の目に、再び涙が浮かんでくる。

「妹がいなくなれば……」

友だちとも遊べず妹の相手を……。これはさすがに親がおかしいのではないか。

丈太郎はどうすべきかわからない。縋《すが》るように花宮を見れば、彼も考え込んでいる。

冷たい沈黙が続く。

それを破ったのは花宮だ。

花宮は顎の下で手を組んで祐介に顔を近づけて言った。

「妹を消しちゃう薬をあげようか」

丈太郎の手からグラスが床に落ちた。幸い割れることなく、被害は少し残っていたレモネードと数個の氷が床を滑っただけだった。

「おや、手が滑ったのかな。キッチンに雑巾があるから後始末よろしくね」

花宮は咎《とが》めることなく、まるで予期していたかのように丈太郎をキッチンへと向かわせる。

二人が気になるが、床に零れたレモネードと氷を放っておくわけにもいかず、店の奥の扉をくぐる。

廊下の左がバックヤードの研究室、右がダイニングキッチン。

丈太郎はキッチンで雑巾を手に取り、急いで店に戻った。

だが、すでに二人の姿はなかった。

庭に出て行ったとは思えないので、素早く床を拭くと雑巾を持ったままバックヤードのドアの前で耳を澄ます。

「すごい。まるで実験室みたいだ」

少しだけ開いたドア越しに祐介の声が聞こえた。

「ここで植物の研究をしているんだ」

花宮の声も聞こえた。予想通り、二人は研究室にいた。

「植物には人を治療する力もあれば、人を殺す力もあるんだよ」

薬と毒は紙一重。

丈太郎の額に冷たい汗が浮かぶ。花宮は幼い子どもに一体なにをさせようとしているのか。

急いでキッチンに戻り、雑巾を洗って、研究室に入る。

二人はスチールに隣り合って座り、銀色のテーブルに置いてある小瓶を見つめていた。丈太郎が入ってきたのに気づいていないようだ。

丈太郎の手にすっぽり収まってしまいそうなガラスの小瓶の中には、乳白色の液体が入っていた。銀色の蓋はしっかり閉まっているが、祐介は手を触れるのを恐れるようにかすれた声で尋ねる。

「この瓶に入っているのは毒なの？」

「それは飲む人によって変わる。間違ってキミが飲んでもなんともないだろう。でも、妹を消すことはできる」

彼岸花の細い花びらを連想させる花宮の髪が揺れている。丈太郎は彼岸花が毒にも食料にもなる紙一重の花だということを思い出す。

不気味で不思議な花だ。

「飲む人によって変わるって、どうして？」

「さっき祐介くんが飲んだレモネードにはたっぷり蜂蜜を入れた。美味しかっただろう。栄養たっぷりな蜂蜜も、赤ちゃんには毒になるんだよ。赤ちゃんはまだ腸内細菌が少ないから、少量のボツリヌス菌でも死んでしまうんだ」

「ちょうない？　ぼつり？」

祐介が知らない言葉に混乱している。

「ちょっとたとえが難しかったかな」

祐介は恐々と顔を近づける。

「本当に妹を消しちゃうの？」

「そうだよ」

まさか本当に妹だけに効く毒薬を渡そうとしているのか。

ハラハラしながら二人の成り行きを見張る。

祐介の右手がそっとテーブルの上に現れる。小瓶を手に取るのを迷っているのか、指先が震えている。

「妹は……」

祐介がテーブルから手を下ろした。

「妹は可愛いんだ。嫌になることもあるけれど、僕、本当に嫌ってなんかいない……」

丈太郎はいつの間にか力んでいた肩の力を抜いた。

これは花宮の一種の踏み絵だ。祐介の本当の気持ちを確かめたのだ。彼は本気で妹を嫌ってなんかいない。

この年頃の子はアニメなんかの影響で、殺すとか、死ねとか、言葉の深い意味など考えずに口にしてしまうものなのだ。

「そう。じゃあ、この薬はいらないね」

花宮が立ちあがり、小瓶を祐介の背では届かない高い棚に置いた。ほんの少しだけ後悔したような表情の祐介に、振り返って花宮が言う。

「もし気が変わって、やっぱり妹を消したくなったら、いつでもおいで。薬はとっておくから」

「……うん」

ちょっぴり残念そうな、そして安心したような表情で祐介がうなずく。

「じゃあ、丈太郎くん、祐介くんを家まで送ってあげて」

「え」

突然の指名に、素っ頓狂な声が出た。

「ぼ、僕、一人で帰れるよ」

祐介が困った顔で言う。彼としては親に内緒でこの店に来たことも、妹を消したいと泣いたことも秘密にしておきたいに違いない。

花宮は祐介の心配を悟ったように、彼の頭を撫でる。

「大丈夫、ママになにか言ったりしないよ。家の近くまで送るだけ。お土産に小さな花束を作ってあげるよ。ママも妹も喜ぶと思うよ。花束ができるまで、キッチンでビスケットを食べて待っていてくれるかな」

ビスケットの言葉に、祐介の目が輝く。


「あの、花宮さん」

店のテーブルで白と青の花を器用に束ね、透明のフィルムで包み込む花宮に声をかける。祐介はキッチンで、花宮が焼いたビスケットを食べている。

「丈太郎くんも気になっているんだろう？　継母《ままはは》と祐介くんの関係」

確かに気になっている。

彼が今の母親から、継子《ままこ》という理由で虐げられているとしたら……。

「心配なら様子を見に行くといいさ」

妹への殺意は本気ではないとわかって安堵したが。そんな思いを抱く家庭環境に祐介はいるのかと心配になる。

虐待とまではいかなくとも、祐介が疎外感や孤独を感じているのであれば……。

「祐介くんの身辺を探ってくれないかな。ここに迷い込んできた、大切なお客様だもの」

「お客って、彼からお金を取るんですか？」

花宮がしまったという顔をして、顎に手を当て考え込む。

「うーん、まだお小遣いももらってなさそうだし、丈太郎くんのように働かせるわけにもいかないしなあ」

花宮がパチンと指をはじく。

「そうだ、オープン記念特別価格ということにしよう。ま、いくらでもやりようはあるさ」

花宮は花束に白いリボンをつけて丈太郎に差し出す。

「はい、祐介くんへのお土産」

丈太郎の大きな手にすっぽりと収まってしまう、花束というよりはミニブーケだった。白と青の色が爽やかで涼し気で、ストレイシープ・フォレストのロゴが入った名刺サイズのショップカードが刺さっていた。

「わあ、きれい。ありがとう」

「どういたしまして。あとこれ」

花宮が小さな封筒を渡す。

「祐介くんへの招待状。いつでも遊びにきていいからね」

祐介は右手に小さな花束を、左手で丈太郎と手を繋《つな》いで家に向かう。

白と青の花束が気に入ったようで、スキップのような足取りで歩きながら、ときどき鼻の近くに花束を持っていっては香りを嗅ぐ。祐介の速度に合わせて十分ほど歩いたところで、彼が立ち止まった。

「ここでいい。あそこが僕の家」

祐介が指さした先は、小さな公園のそばに建つ小さなアパートだった。

三階建てのアパートが並行するように四棟並んでいる。右側から番号がふられている。

「お兄ちゃん、それじゃあね」

丈太郎の手を離すと駆け出した。

祐介は一番端の1と壁に描かれたアパートに入っていった。丈太郎は祐介から少し遅れて、尾行するように彼の後を追った。

祐介の部屋は1棟の二階の三号室。ちょうど真ん中の部屋だ。

一階の部屋ならまだベランダ側から家の様子を伺うこともできそうだが、二階はさすがに厳しい。

「そもそも家の中を探るって、ストーカーじゃあるまいし」

花宮から様子を見に行くといいと言われたが、どうやって様子を見ればいいのだと、丈太郎はしばし小さな公園の木陰で考え込む。祐介が消えていった二階の玄関ドアを睨みつけ、これ以上はなにもできまい、そう判断し諦めてアパートを離れようとしたときだった。

数分前に祐介が入っていった玄関の扉が開いた。

祐介と、母親と思える女性が出てきた。

丈太郎は素早く公園のツツジの植え込みに身を隠す。

二十代後半に見える母親の右手にはエコバッグ。二人は買い物に行くのだろうか。

一度、エレベーターホールに消えた二人は、少ししてアパートの出入り口から出てきた。

丈太郎は周りを一度見回してから、こっそりと二人の後をつけ出す。自分の体格が目立つことを知っているので、見失わない程度に距離を置きながら少し背を丸めて歩く。母親はエコバッグを持っていない左手で、祐介と手を繋いでいる。仲の良い親子にしか見えない。祐介の顔は見えないが、歩調が楽しそうだ。

少なくとも虐待されているようには見えない。胸を撫でおろすと同時に疑問が湧き上がる。

「妹は留守番か？」

丈太郎はつい足を止めてつぶやいた。

妹は何歳と言っていた？　言っていなかったか。でも祐介の目から見て小さいということは、赤ん坊か二、三歳ぐらいではないか。

そんな幼い子どもを家に一人にしておくのはおかしい。祖父母か親族がいるのだろうか？

祖父母がいるのなら、祐介が友だちと遊ぶ時間もないほど妹の相手をしなければなならないというのは解《げ》せない。同居していないが、今日は遊びにきているということか。

だから祐介がストレイシープ・フォレストに来られたのかもしれない。

などと考えていたら、祐介たちとの距離がだいぶ開いて、急いで彼らの後を追う。

祐介親子は手を繋いだまま、道端に生えている草花に足を止めたり、庭に咲いている花や実を指さして言葉を交わしたりしながら進んで行く。

十五分ほどして、スーパーマーケットにたどり着いた。

店に着いても二人は手を繋いだまま。母親は片手でショッピングカートを押し、もう一方の手を祐介と繋いでいる。どう見ても、仲睦《むつ》まじい親子だ。

祐介が母親に笑顔を見せるのは当然としても、母親が祐介に向ける笑顔も本物にしか見えない。とても祐介を蔑《ないがし》ろにしているようには思えないのだ。

商品棚の陰から二人を盗み見て、丈太郎は首を捻る。

祐介が嘘を？

妹が嫌いだと、自分と花宮の前で泣いた彼の姿が嘘？

「あれが演技なら、アカデミー男優賞ものだ」

なら母親が演技をしている？

周囲から祐介虐待の疑いをもたれていて、わざと人目につくような場所で仲の良い親子アピールをしているとか。

ふと視線を感じて振り返れば、四十代ぐらいの主婦が訝《いぶか》る目で丈太郎を見ていた。目が合ったとたん、彼女は逃げるように離れていった。

こそこそしている自分は、万引き犯に疑われたのだろうか。

少しショックを受ける。

覆面警備員に尾行されている気がして周りを窺う。幸いにも丈太郎を怪しんでいるような者はいなさそうだ。

「まいったなぁ……」

こんな所、知り合いにでも見つかったら面倒だ。

大きくため息をついて商品棚から顔をのぞかせると、二人の姿が消えていた。

「あ、ヤバ」

慌てるな、目を離したのはほんの一分ほど。丈太郎は自分に言う。野菜コーナーの次は鮮魚、肉のコーナーだ。そこで商品を吟味しているはずだ。

商品棚から離れて野菜コーナーを抜けていく。

予想通り、肉のパックを手にした母親がいた。だが、祐介がいない。辺りを見回すが、姿が見当たらない。

丈太郎は自分が幼いときに母親と一緒に買い物に行ったことを思い出す。商品を真剣に選ぶ母に退屈したときは……。

「やっぱり……」

祐介は熱心に菓子が並ぶ棚を見ていた。

スーパーマーケットで子どもが一番興味を持つ場所がここだ。

丈太郎にも覚えがある。

たくさんの菓子に目を輝かせ、欲しいものを買ってと我儘《わがまま》を言う。どうせ買ってくれないのはわかっているが、とりあえずねだってみるのだ。でもときどきは、いい子にしているなら、草むしりを手伝うなら、と買ってくれることもあった。

懐かしい。

なんてノスタルジーに浸っている場合ではなかった。祐介の様子がなんだか変だ。

独り言を呟いている。

独り言……とはなんか違う気がする。

まるで誰かに言い聞かせるように、誰もいない空間に向かって話しかけているのだ。

少し離れた場所で監視しているため、祐介の言葉は聞き取れない。でも彼は明らかに誰かに向かって話しかけているように見える。

なんなんだ？

丈太郎は眉を顰《ひそ》める。

丈太郎が頭を悩ませているうちに、母親が祐介を見つけ出した。途中から繋いでいた手を離し、お菓子コーナーに行くのは毎度のことなのだろう。

「祐介」と優しく呼びかけた母親に、彼は嬉しそうに駆け寄る。そして、熱心に母親に話しかける。お菓子を買ってくれとねだっているのか。

やがて祐介はがっかりした表情でうなだれた。おねだりは叶《かな》わなかったらしい。うつむいた祐介の頭に、母親がそっと手を置いた。

母親は困ったような、悲し気な表情をしていた。

微かに動いた唇は、ごめんねと言っているようだった。

子どもの我儘をたしなめる母親には見えなかった。

モヤモヤとする気持ちを抱えながら、丈太郎は二人を見守る。


「で、どうだったんだい？」

優雅な手つきでティーカップを持ち上げながら、花宮が問う。

祐介の様子を見に行った丈太郎への労いか、店のテーブルには焼いたフォカッチャが香ばしい匂いを漂わせている。

「母親と買い物に行くのを見ましたけれど、とても仲の良い親子に思えました。スーパーマーケットから帰った後、こっそり玄関の扉に耳を近づけて、家の様子も探ったんですけれど、平和そうでした」

「平和？」

「祐介くんを怒鳴りつけるような声も聞こえなかったし」

　丈太郎はまだ温かい焼きたてのフォカッチャを頬ばる。未だに身長が伸びている丈太郎の食欲は、世間の想像する高校生男子の上を行く。筋肉量の多い彼は、少し動いただけでもカロリー消費が激しく、目の前に食べ物があれば、いくらでも胃に収めることができるぐらいだ。

　フワフワな食感で、混ぜ込まれたオリーブがいいアクセントになっている。生地の微かな甘さと、オリーブの塩加減がたまらない。

　花宮が出す飲み物や食べ物はどれも美味しい。ただ、圧倒的にタンパク質が足りないのが、ちょっとだけ不満だ。植物を愛する花宮はベジタリアンなのだろうか。これにチーズかハムを挟んだら最高なのに。

「平和……か」

花宮は顎に手を当てて考え込む。

二つ目のフォカッチャを手にしながら丈太郎が尋ねる。

「なにか気になることでも？」

今度はドライトマトが練り込んであった。トマトの甘みと酸味がパン生地の旨《うま》さと一緒に口の中に広がる。

コトンと、ティーカップをソーサーに戻して花宮が首を傾げた。

「七歳の子どもと幼児がいる家なんて、騒がしいんじゃないかな……」

フォカッチャを咀嚼《そしゃく》する丈太郎の口が止まった。

「僕には子どもがいないから想像でしかないけれど、よく聞くだろう。子どもの足音や声がうるさくて近所トラブルになるとか。祐介くんはどちらかというと、やんちゃな感じだし」

丈太郎の口端《くちのは》についたパン屑《くず》が零れる。同時に自分が抱いた疑問が浮かび上がる。

母親はなぜ二歳の妹を買い物に連れて行かなかったのか？　父親や祖父母がいるなら、さらに家の中は賑《にぎ》やかになるのでは？

そういえば、祐介は友だちと遊びたいのに、妹の相手をしなければいけないからできないと言っていた。しかし、彼はひとりでストレイシープ・フォレストに来たのだから、束縛されているわけではない。

「気になったのは幼い妹に留守番させていたことです。お守りする誰かがいたのかもしれませんが。あと、祐介くんが楽しそうに独り言をはっきり呟いていたことかな。まるで誰かがそばにいるようでした」

丈太郎は感想を率直に伝える。

「祐介くんにはここに来る自由もあるし、笑顔もあったたし、正直よくわからないです。家の中まで入っていくわけにもいかないし」

わからない。

妹が嫌いと泣いていた祐介の姿が嘘だとは思えない。でも、今日見た祐介と母親の仲睦まじい様子はなんなのだ。

フォカッチャを咥《くわ》えながら考えこむ丈太郎。

花宮がいきなり手を叩いた。

「そーだ、このフォカッチャを手土産にして、祐介くんの家に遊びに行ったらいい」

「え？」

「僕たちはもう顔見知りだもの。いっそ、友だちになって家に遊びに行けばいい。それに彼は僕の客、患者だ。ちゃんと経過観察しなければ」

「経過観察って、無理がありませんか？　友だちって、年齢的にどう考えても。それに子どもへの土産なら、フォカッチャよりもお菓子の方がいいんじゃないですか。クッキーとか、ケーキとか」

「なるほど。それは名案だな」

花宮がポンと手を叩く。

「では、明日はマドレーヌを焼くとしよう。手伝ってくれるかい？」

「え？　料理なんて、ほとんどしたことがないです」

「大丈夫。僕の言うとおりにしてくれればいいんだよ」

「はあ……」

自信満々に言う花宮に、丈太郎は従うしかない。花宮は満足気にうなずき、それから宙を見上げて言葉を漏らす。

「もしかして祐介くん、虚言癖があるのかな？」

「それは……可能性ありますね」

「まあ、子どもって、感受性や想像力が豊かだし、大なり小なりそういうところあるよね」

「そうなんですか？」

「とにかく祐介くんは僕の患者なんだから、会いにいって確かめないとね。もしかしたら、薬を使った方がいいのかもしれない」

「薬……使うんですか？」

あれは毒なのでは？　妹を殺す薬なのでは？　祐介に人を殺させるのか？　子どもの無邪気な事故として？　罪には問われないかもしれないが。いや、薬を渡した花宮が罪人になるのでは？

「まあ、とにかくマドレーヌを持って祐介くんを訪ねて、様子を見てきてよ」

「いきなり家を訪ねたら、祐介くんや家族に怪しまれるのでは？　俺、不審者になるのは困ります」

「祐介くんがいるから大丈夫だよ」

不安な気持ちで花宮に目を向ければ、彼は楽しそうにバターをフォカッチャに塗っていた。

●

——祐介、お前に妹ができるんだよ。

パパに言われたときは、すごく嬉しかった。
妹。小さな赤ちゃん。
新しいママは優しくて、僕は大好き。僕たちは仲良し親子だ。
妹を待つ幸せな日々。それはすぐに終わってしまった。
優しかったママは僕に冷たくなる。
遊んでくれない。食事を作ってくれない。話しかけても、面倒臭そうにされる。
どうして？
ずっと、優しいママだったのに。
どうして？
どうして？
どうして？
僕が本当の子どもじゃないから？
パパとママの本当の子どもができたから？
どんどん膨らむママのお腹《なか》。
僕は不安になる。
ねえ、ママ。もっと僕と遊んで。僕を構って。

僕、ママが大好きなのに。

ねえ、ママ！

ママってば！

●

焼きたてのマドレーヌが入った紙袋はほんわりと温かい。バターと小麦の香ばしいにおいが漏れてくる。

さっき試食と称してマドレーヌを三つも食べた丈太郎の胃が、すでに反応している。自身の食欲に苦笑しながら、二〇三号室のインターフォンを鳴らした。

三十秒ほどで扉が開き、姿を見せたのは祐介の母親だった。

「どちらさまでしょうか？」

胡乱《うろん》に丈太郎を見る彼女の視線に狼狽えながら口を開く。

「あ、あの、風見丈太郎と申します。ストレイシープ・フォレストという店で、祐介くんと出会って、友だちになった者です」

母親がしばし考えて、あっという顔をした。

「あの花束のお店？」

母親の背後から、祐介の声がした。

「あ、お兄ちゃん」

部屋の奥から祐介が駆け寄ってきた。驚きと戸惑いの表情で丈太郎の前に来た彼の顔は、紙袋から滲み出てくるバターの香りのせいか、すぐに頰が蕩《とろ》けて、期待が浮かんできた。

「かわいい花束をありがとうございます。ところでストレイシープ・フォレストとはどんなお店なんですか？　そこで出会ったたって」

母親が不思議に思うのは当然だ。まだ七歳の子どもが店で知り合いを作るなんて。

丈太郎は花宮に言われたとおりに答える。

「花屋です。祐介くん、奇妙な花に興味を持ったようで。色々と珍しい植物を取り扱っていますから。俺、いえ僕はそこのアルバイトです。マドレーヌは店長からです。これは友情の印だって」

「花屋なのにマドレーヌを？　わざわざ買っていただいたのですか？」

母親はますます困惑の表情を浮かべる。

「店長の手作りです。香草やスパイスも扱っているので、いろいろと料理も作っているんです。趣味で……たぶん」

　突然、知らない人が手作り料理なんて持って訪ねてきたら、絶対に怪しまれる、そう丈太郎は主張したが、花宮は祐介くんがいるから大丈夫だよと自信満々にマドレーヌを押しつけたのだ。

　彼に雇われている身としては逆らえない。これも仕事のうちと自分に言い聞かせて祐介の家にやって来たが。

　やっぱり怪しまれているじゃないかと、丈太郎は花宮を恨む。もう無理矢理紙袋を押しつけて帰ってしまおうかと考えたとき、祐介が丈太郎の腕にしがみついてきた。

「ねえ、お兄ちゃん、公園で一緒に遊ぼう！」

「公園⁉」

　今は午後三時半。真夏の太陽は容赦なく、地上を焦がしている。

　丈太郎はともかく、まだ小さい祐介にはきついだろう。熱中症も心配だ。

「外は暑いよ」

「俺、涼しい場所知ってるよ。ねえ、遊ぼうよ」

　祐介がぐいぐいと強引に腕を引っ張る。

「僕、種を取りに行きたいんだ」

「種？」

「うん、花の種とか」

母親はそんな二人を見て、しばし考え込んでいたようだが、意を決したように丈太郎に言った。

「一緒に三時のおやつにしませんか？」

「いいんですか？」

母親の申し出に、丈太郎のほうが面食らう。

自分はまだ未成年《こども》だが、そこらの大人の男よりも筋力体力が強い自覚がある。体格もいい。若い女性と子どもをだけの家。無防備に自分を招き入れる祐介の母親に驚く。

祐介が懐いているから？

結果、花宮の目論見《もくろみ》通り家に上がることができたのだが、丈太郎は狐につままれた気持ちだ。

「どうぞ、上がってくださいな」

戸惑ったまま立ち尽くす丈太郎に、母親がさらにうながす。

「えーっ。外で遊ぼうよ、お兄ちゃん」

「外は暑いから、家の中で遊びなさい。さ、遠慮しないでくださいな」

祐介は家の外へ連れ出そうと丈太郎の腕にしがみつき、母親は家の中に招き入れようとする。

親子からの熱烈歓迎ぶりに、マドレーヌに花宮が施した魔法でもかかっているのではないかと、丈太郎は手に持った紙袋を見つめる。

戸惑いはしたが、当初の目的を果たすため、公園に行きたがる祐介をなだめて丈太郎は靴を脱ぎ、差し出されたスリッパに足を通した。

「お兄ちゃん」

腕にぶら下がるように抱きついている祐介が不安気な顔で見上げる。丈太郎は腰を屈めて祐介に耳打ちする。

「大丈夫。壁を蹴ったことや、蔦をち切ったことは言わないよ」

祐介はそれでも不安そうな表情を崩さなかった。丈太郎は安心しろという思いで、祐介の頭を撫でた。

玄関を入って短い廊下を抜けるとダイニングキッチン。キッチンでは母親が麦茶を氷の入ったグラスに注いでいた。

「適当に座ってください」

四人がけのテーブルには、花宮が作った青と白の花束が飾られていた。小さなガラスの花瓶に入っている。

「花束があまりにも可愛らしいから、それに似合う小さな花瓶を買ったんです」

トレーにグラスを持ってやって来た母親が嬉しそうに言う。それであの日、祐介たちはスーパーマーケットに向かったのか。

母親が紙袋を開くと、バターとハーブの優しい香りが溢れ出てきた。

「美味しそう。ありがとうございます。さっそく一緒にいただきましょう」

母親が笑みを浮かべながら、透明の袋で個包装された、マドレーヌを取り出す。一つ一つにカラフルなリボンが結ばれている。リボンの形が少々歪《いびつ》なのは、指先があまり器用ではない丈太郎が結んだからだ。

祐介がマドレーヌに手を伸ばす。母親に勧められて、丈太郎も一つ手に取った。

リボンを外すとバターの香りがいっそう濃くなる。味見と称して、焼きたてホカホカのマドレーヌを三個食べてきたが、一度冷えたマドレーヌはまた違った美味しさがあった。よりしっとりとした食感に、落ち着いた甘さと濃厚なバターが口に広がる。

「美味しい」

夢中でマドレーヌを頬ばる祐介からは、さっきまでの不安な表情が完全に消えている。このあたりはやはり子どもだ。

微笑ましく思いながら、丈太郎はぐるりと部屋を見回す。

暖かみのある木製のテーブル。部屋の奥にはソファとテレビ。壁には本棚。部屋の隅には観葉植物が育ち、間接照明のスタンドが並んでいる。

いくらきれいに整理整頓された家だとしても、二歳児のオモチャひとつないのは不自然だ。そもそもマドレーヌがあるのに、呼ばないなんておかしい。

この家に幼児なんていない。

なら祐介の言う妹とはなんだろう？

「もう一個食べていい？」

すでに二個食べ終えた祐介が、母親の顔を窺いながら尋ねる。

「いいわよ。でも、それで終わりね。夕飯が食べられなくなるし、明日の楽しみがなくなるでしょう」

「うん」

祐介は素直にうなずいて、三個目のリボンを外す。

「よかったわね、祐介」

母親が祐介から視線を丈太郎に向ける。

「それにいいお兄ちゃんもできて」

やはり祐介と母親の関係は、とても良いように見える。目の前の二人、買い物に行った二人を見ていて丈太郎はそう感じた。

虚言癖。という言葉が丈太郎の頭に浮かぶ。

相手の気を引きたくて嘘をつく。

うまくいっていると見えても、やはり血の繋がらない親子だ。

なんとか母親と二人きりになって疑問をぶつけたかった。しかし、祐介が見張るように丈太郎にべったりとくっついていて、母親と二人きりになる機会がない。

母親のほうも丈太郎になにか聞きたげだ。彼女のほうを伺うと、よく目が合う。そのたびに困ったような曖昧な笑みを浮かべて、目を逸らされてしまうが。

「お兄ちゃん、僕の部屋で遊ぼう」

「いや、店の手伝いもあるし、そろそろ」

「もう少しだけ。ロボット見せてあげる」

「え、いや……」

半ば無理矢理に、祐介に子ども部屋へと引っ張り込まれた。

子ども用の小さなベッドに勉強机。カラーボックスには見覚えのあるアニメのキャラクターグッズが入っている。

丈太郎は部屋を見回し、少し迷ってから口を開いた。

「ねえ、祐介くんの妹は、どこにいるの？」

責めるように聞こえないよう、なるべく優しく尋ねたつもりだったが、祐介の表情が強張る。

「祐介くん……？」

恐る恐る声を掛けると、祐介は信じられないという表情で言う。

「妹はここにいるじゃん」

「ここ？」

「僕の隣」

「え？」

思わず丈太郎の顔が引きつった。その表情を見て、祐介の唇が震え出す。

「お兄ちゃんも嘘だと言うの？」

「いや……」

口では否定したものの、どこをどう見ても女の子なんていない。一瞬、幽霊かとも疑ったが、馬鹿らしいとすぐに打ち消した。

「いつだってそばにいるよ。だって、妹の面倒を見ないといけないんだ。僕はお兄ちやんだから。妹はそこにいるよ。なんでみんな見えないの？」

祐介の目に涙が溜《た》まっていく。

「僕は、僕は嘘なんかついていない」

祐介が涙を零しながらしゃくりあげる。

「なあ、落ち着いて」

「嘘なんかじゃない！」

丈太郎は困惑しながら目を凝らすが、やはり妹なんて見えない。

「嘘じゃないよ……、僕、嘘じゃないよ」

祐介が泣き出す。丈太郎の伸ばした手は、祐介の肩まで届かず中途半端に宙に浮いたまま。

「え、えっと……」

ガチャリとドアが開いた。

「祐介？」

母親が顔を出す。

丈太郎は焦る。きっと、自分が泣かせたと思われてしまう。

母親が祐介から丈太郎に視線を動かし、目が合った。

「ご、ごめんなさい」

反射的に謝罪を口にする。

やはり自分のせいなのだろうか？　泣かせるつもりはなかったが。

しかし丈太郎にはどうしても妹が見えない。というか、いるはずがない。

母親が祐介のそばにしゃがんで、彼を抱きしめて背中をさする。

「落ち着いて。いい子ね」

母親の手が優しくトントントンと背中を叩いていると、徐々に祐介の泣き声が小さくなり、しゃくりあげる声も消えて、寝息に変わった。母親の首に回っていた細い腕が、ぐったりと垂れる。

その間、丈太郎は正座したまま、ただ成り行きを見守っていた。

母親は祐介を抱き上げて、ベッドに運びながら言う。

「ごめんなさいね。ときどき、こうなっちゃうの。癇癪《かんしゃく》っていうか……」

「すみません。なんか、俺、興奮させてしまったようで」

「大丈夫よ。心配しないで」

祐介のお腹にタオルケットを掛けると、母親は部屋を出て行く。丈太郎も後ろをついて行く。

「お茶でもいかが？」

なんか気まずいし、すぐにでも帰りたかったが、母親と話をするチャンスだ。ここに来た目的を思い出し、自分を鼓舞してダイニングテーブルのイスに再び腰をかけた。

母親がアイスコーヒーをキッチンから持ってくる。

「年上のお友だちがいるなんて、少し驚いたわ」

「友だちって言っても……。店の前で遊んでいた祐介くんに声をかけて、一緒にお茶を飲んだくらいで」

「お店の前なんて、他のお客さんに御迷惑をかけたのでは？」

「あ、それは大丈夫です。そもそも、お客さんがいないので声をかけたんです。普段からあまり客が来ないので」

口にしてから、しまったと思った。なんか遠回しに店の悪口を言ってしまった気がする。

それが顔に出たのだろう、母親が小さく笑う。そして、深いため息をつきながらイスに腰を下ろした。

「なんか一人遊びばかりしている子だから」

「友だちは？」

母親は弱々しくしく首を振る。

「ずっと……ですか？」

丈太郎の質問に、母親が沈黙する。

間を持たせるためにアイスコーヒーにミルクを入れて、必要以上にかき混ぜていると、ようやく母親が口を開いた。

「ずっと……かどうかはわからないの。私が祐介の母親になったのは、四年前だから」

隠すことなく継母だと伝えた彼女に、丈太郎の警戒心が溶ける。

「とても人懐こいから、お友だちもたくさんいると思ったのだけれど」

「人懐こい？」

「ええ。継母の私にもすぐに打ち解け、懐いてくれて、本当の親子になれたと思ったの。だから再婚を決めて。うまくやってきたと思っていたの。でも……」

母親は小さく首を振る。

「幼いころに母を亡くして、継母がやって来て、本当はいろいろと葛藤や不安があったのじゃないかなって。それで、もしかしたら友だちを失《な》くしたりしたのではないかと。私との時間を優先して、友だちが作れなかったのかも」

ツンと、丈太郎の鼻に強い花の匂いがした。

花……なんの花か。

花だとはわかるが、植物に詳しくない丈太郎には、なんの花だかはわからない。瑞々しくて甘くて、少し苦さがあるような。可愛らしくて、それでいて色気のある香り。

ふいに、スズランの花が頭に浮かんだ。スズランの花の香りなんて知らないのに。匂いに我を忘れそうになり、慌ててコーヒーを飲み込み咽《む》せた。

「あら、あら。大丈夫？」

「だ、大丈夫です。お構いなく」

咳《せき》をしながら、ふと壁掛け時計を見るともう午後五時になろうとしていた。思った以上に祐介の相手をしていたようだ。そろそろ店に帰らなくては。

「あの、そろそろ」

丈太郎は立ち上がる。

「美味しいマドレーヌ、ありがとうございました。店長さんにお礼をお伝えください」

母親は丈太郎を引き留めることはせず、玄関まで見送る。

「もしよかったら、また遊びに来て。祐介も喜ぶし」

「あ、はい」

丈太郎は靴を履き、玄関のドアを開けて廊下に出る。

ドアノブに手をかけたまま一礼し、そして確認のため母親に問う。

「あ、あの、祐介くんは、一人っ子ですよね」

「………ええ」

母親の小さな声を聞き、丈太郎はゆっくりとドアを閉めた。


次の日、ストレイシープ・フォレストの門をくぐると、庭に出ていた花宮が丈太郎の顔を見るなり、にこやかに言った。

「作ってくれないか？」

「なにをですか？」

「棺桶《かんおけ》だよ」

「かっ……！」

突然の剣呑《けんのん》な単語に、丈太郎の頭がスリープ状態になる。

「小さな物でいい。そうだね、小犬が入るぐらいで。でき上がったら、それを埋める穴を裏庭に掘っておいて。材料はそこにあるベニヤ板で」

「ちょ、ちょっと待ってください」

スリープ状態から抜けた丈太郎が尋ねる。

「棺桶に穴って、なにを弔うんですか？」

「昨日、キミが教えてくれたじゃないか」

「俺が教えた……？」

丈太郎は記憶を辿《たど》り、昨日のことを思い出す。

祐介の家からストレイシープ・フォレストに戻って、庭の手入れをしていた花宮にできる限り細かく起こったことを話した……つもりだ。で、そのどこに棺桶を作る必要性があったのだろう。

花宮は困ったような笑みを浮かべる。曼殊沙華を思わせる髪が、ふわふわと揺れる。

「これは祐介くんの妹のための棺桶さ」

「妹！」

今度は頭がスパークする。

「妹って、妹なんていませんよ！　ってか、いたら殺すんですか！」

なにがなんだかわからない。パニックになりそうな丈太郎の肩に、花宮がそっと手を置く。

冷たい清水が血管を流れていくように、丈太郎は少しずつ冷静さを取り戻す。

花宮は困ったような、憐《あわ》れむような淡い微笑みを浮かべていた。

「妹はいる。いるんだよ、丈太郎くん」

「そんなはず……」

祐介の言う妹は見えなかった。母親も祐介がひとりっ子だと言った。

花宮が混乱している丈太郎の思考を、バッサリと切り落とすように断言する。

「無理矢理生まれてしまった妹は、ちゃんと無に帰さなければ、ね」

花宮は無邪気な笑顔で、暑さから逃れるようにさっさと店に入って行った。

丈太郎はしばし放心していたが、暑い中でただ突っ立っていてもしかたないと思いなおし、ブロック塀に立て掛けてある木材に目を向けた。

昨日、丈太郎が帰ってから手に入れたのだろうか。一メートル四方の板が三枚。子犬が入る程度の棺桶を作るには十分だ。そばには鋸《のこぎり》と釘《くぎ》、トンカチまで用意されていた。

「棺桶っていうか、長方形の箱を作ればいいのかな」

花宮の意図を計り知れないまま、仕方なく丈太郎は鋸を手にする。

その日は棺桶を作る作業で終わった。

祐介は姿を現さなかったし、花宮が祐介の家に行くこともなかった。

どうやって妹を消すのか。そもそも存在しない妹を。いや、花宮はいると言っているが……。

わからないことばかりでモヤモヤする気持ちを抱えながら、丈太郎は家路についた。


家に帰った丈太郎の姿を見て、母が嬉しそうに言う。

「あらあら、ずいぶんと汗をかいて。先にお風呂に入る？」

丈太郎は申し訳ない気持ちで目を伏せ、小さな声で着替えるだけでいいと告げる。

リビングからはご飯が炊けるにおいが流れてくる。そこを速足で通り過ぎ、自分の部屋へと向かった。

汗にぬれたTシャツを脱ぎ捨て、タオルで乱暴に肌を拭う。

嘘はついていない。

ただ、本当のことは言っていない。

母が勝手に部活をしていると勘違いしているだけ。勝手に……。

丈太郎の手からタオルが落ちた。

夜を映した窓ガラスに、しょぼくれた自分がいる。人に羨まれる長身に筋肉のついた体は維持しているが、中身は臆病で萎《しお》れた魂しか入っていない。

丈太郎は自身を消すように勢いよくカーテンを引いた。

棺桶はできた。明日は、裏庭にそれを埋めるための穴掘りだ。

それにしても、花宮はなにをしようとしているのだろう。


ストレイシープ・フォレストの裏庭の中心は、丈太郎の働きによって、繁茂と雑草が生えて足の踏み場もなかったのが嘘のようにスッキリとし、土が見えていた。奥には家を見守るように大きな楡《にれ》の木があり、脇にはツツジやコデマリなどの低木が並ぶ。

炎天の下、汗を滴らせながらスコップで土をすくう。抜き残した雑草の根がブチブチと切れるのが、柄を伝って手に届く。

汗と土と草のにおい。蟬《せみ》の鳴き声。

穴の横には昨日作った棺桶。これがすっぽりと埋まる大きさまで掘らなくてはならない。

広がっていく穴が、丈太郎を引き込もうとしている気がして、なんだか気味悪く思ったとき、裏口のドアが開いて花宮が顔を出す。

「休憩しない？」

丈太郎はスコップを思い切り地面に突き刺し、腕で乱暴に額の汗を拭ってうなずいた。

店に入ると冷房が効いていて、一気に暑さで疲弊した体が復活する。

カウンセリングルームではなく、研究室で冷たい麦茶を差し出される。

ガラス瓶やビーカー、試験管が並ぶ理科室のような部屋は、たくさんの植物が並んでいても無機質的な雰囲気だ。

植物に覆われたようなカウンセリングルームの温かさはない。真夏の太陽の下からいきなり冷房の部屋に来たせいだけじゃない寒気が、丈太郎の体に浸透していく。

花宮が持ってきた麦茶を飲みながら、ふと棚の上にあったはずの小瓶がないのに気づく。祐介に渡そうとした毒だ。

薬。棺桶。それを埋める穴。

「俺が掘った穴には、なにを埋めるんですか？」

聞かずにはいられなかった。

「言ったでしょう。祐介くんの妹を消すのさ」

丈太郎の心を読んだように花宮が言って微笑む。彼岸花を連想させる、毒を含んだような美しさで。

何も言えず手に持った麦茶のグラスを見つめていると、玄関のベルが鳴った。訪問者の知らせ。

「思いのほか早かった」

花宮がイスから立ち上がり、研究室を出て行く。自分も出て行った方がいいのかどうかと、落ち着きなく待っていると、すぐに二人分の足音が近づいてきた。

開けっ放しだったドアから、花宮が顔を出す。

「丈太郎くんはそこの段ボールを持ってきてくれるかな」

花宮の長い指が、丈太郎の足元を指す。目線を落とすと、デスクの下に大きな段ボールが置いてあった。

「さ、こっちだよ」

花宮が自分の背後に声をかけると、祐介が現れた。

研究室の前を二人が通り過ぎると、丈太郎はしゃがんでデスクの下から段ボール箱に手を伸ばす。大きさからしてかなりの重量かと気合と力を込めて引き出すと、空箱のように軽くて尻もちをついてしまった。

「いててて」

尾骶骨《びていこつ》辺りをさすりながら立ち上がる。なにが入っているのか不思議に思いながら、ひょいと肩に担ぐと、少し遅れて二人の後を追った。

裏庭に出ると、さっきよりも強い日差しが脳天を焦がそうとする。

花宮と祐介は楡の木陰に座っていた。樹齢いくつかは知らないが、大きく育った樹《き》は、半径二メートルの陰を作るほど生長している。

丈太郎は二人から少し離れて、段ボールを地面に置いてしゃがんだ。

「妹は今もキミのそばにいるのかい？」

花宮が祐介に尋ねると、強い風が吹いた。暑い日差しの中、それは一瞬の清涼だった。楡の葉がさざめき、周りにある植物の花や葉、木の香りを巻き込んで丈太郎たちを通り過ぎて行った。

「……いる」

祐介が絞り出すように答える。花宮がなにも応えずにいると、不安そうな表情を浮かべて訴える。

「いるよ。だって妹はいなくなっていないもん。妹はいるんだ。だって、妹は消えてなんかいないもん！」

「祐介くん」

そっと肩に触れた花宮の手を振り払って続ける。

「妹はいるんだ。妹の面倒を見なくちゃ。僕はお兄ちゃんだから。がんばれば、いつかパパやママにも見えるようになる。きっと、見えるようになるんだ。だって、妹はいるんだもん！」

●

嘘じゃないよ、パパ、ママ。
僕は本当に嬉しかったんだ。楽しみだったんだ。
だけど、少し不安だった。少し悲しかった。少し怖かった。
パパとママが離れていくようで。
パパは厳しくなった、
ママは一緒に遊んでくれなくなった。
だから僕は……、僕は構って欲しくて。一緒に遊んで欲しくて。
ママが疲れたと寝込んで、最初はただ疲れているだけと言っていたのに。
病院から帰ってきたママが言ったんだ。

——ごめんね、祐介。妹はいなくなったの。


どういうこと？

ママのお腹にいる妹は？

妹はどうなったの？

ねえ、パパ。妹は？　妹は？


妹ができて嬉しかった。嬉しかったんだ。

でも、ちょっとだけ思ってしまった。このままパパもママも妹のことばかりで、僕のこといらなくなっちゃうんじゃないかって怖かった。

妹なんかいらない。

妹なんか産まれなくていい。

でも、本当に妹が消えてしまうなんて思わなかった。

そんなことがあるとは思わなかった。

まさか、本当に妹が消えるなんてことがあると思わなかったんだ。

僕は……、僕は……ただ……。

ママに今まで通り遊んで欲しかっただけなんだ。

●

植物を撫でていった風は緑と土のにおいを一緒に纏って、丈太郎たちを通り過ぎて行く。夏の暑さをほんの少し攫って行く。

「ねえ、祐介くん。僕にはキミの妹が見えない」

祐介の顔が凍る。

「丈太郎くんにも見えていないみたいだ。ね」

いきなり話を振られて、丈太郎の体も凍る。本当のことを言っていいのか戸惑いながら花宮に目を向けると、彼は口元に笑みを浮かべて小さくうなずいた。

本当のことを言うべきなのだ。だが、恐怖する祐介を見て決心が揺らいだ。

「え、あ、う、うん」

なんとも自信なさげな返事になってしまい、情けなく思う。だが、祐介には伝わったようだ。

祐介は目を見開き、そこには恐怖が宿っていた。

「妹はやっぱりいないの？　僕のせいで消えちゃったの？」

大きく開いた目に涙が溜まっていく。

「僕が我儘を言ったから。僕のせいだ。僕のせいで妹は……」

「妹が消えたのは、祐介くんのせいじゃない」

花宮の声が優しく響き、小さな葉を揺らす。

「僕は……」

涙を浮かべてうつむく祐介の痛みが、丈太郎にも響く。

「キミのせいじゃない。キミはちっとも悪くない」

花宮が優しく言いながら、そっと体の向きを変えて祐介の頰に両手のひらを当てて包み込む。

透明感のある甘い花の香りが、どこからか強く流れてきた。

「妹がキミの前だけに現れたのは、お別れをきちんと言うためだよ。キミだけが、まだ妹にきちんとお別れを言えていないから」

「お別れ……しないといけないの？」

風が吹き、木々の枝が、葉が揺れる。どこか悲し気な青い匂いを感じたとたん、丈太郎の肩が重くなった気がした。

花宮がポケットから小瓶を取り出した。

祐介もズボンのポケットから、くしゅくしゅになったティッシュを取り出す。なにかを包んでいるようだ。

「持ってきてくれたんだね」

「……招待状に書いてあったから。その薬は前に……」

祐介は恐々と小瓶を見上げる。

「そう、妹を消す薬さ。妹が行くべきところへ向かうために」

「行くべきところって？」

「天国だよ」

熱い風が吹いた。

熱いはずなのに、汗が気化したせいか、体の表面が冷えた。

丈太郎はそれこそ植物のように黙ったまま、楡の根元に寄り添って座る二人を見つめる。

「妹を弔おう」

「とむらう？」

祐介が動揺したまま、涙目で聞き返す。

「お葬式をするという意味だよ。祐介くんはお葬式を知っているかな？」

「……前に、お祖父《じい》ちゃんのお葬式に行ったことがある」

「そう」

花宮が祐介の頭をそっと撫でる。

「弔うんだ。キミが見えている妹を消すんだ」

少し離れた丈太郎さえわかるぐらい、祐介の動揺が伝わってきた。

花宮は優しく諭す。

「産まれてこなかった妹は、キミの中だけで生きているんだ。だから、消そう」

花宮は小瓶を太陽に透かす。

産まれてこなかった……。丈太郎は花宮の言葉を心の中で反復する。

そうだ、あのときも……、花宮は妹を殺すと言っていなかった。

消す……。

祐介の中で生き続けている幻の妹を消す。

祐介が花宮の指先で輝いている瓶を見上げて尋ねる。

「その薬は、なんでできているの？」

「スズランの雫《しずく》さ」

「スズラン？」

「知ってる？」

「あの白くて小さい花？」

「そう。小さな鈴、ベルのような姿の花。花にも草にも毒があるんだ」

「スズランなら幼稚園の花壇にもあるよ。僕、触ったことがある」

「触ったぐらいでは、なんともないよ。食べたりしなければ大丈夫」

祐介は小瓶をじっと見て、ぼそりと呟く。

「妹は……、スズランみたいに可愛いんだ」

花宮がそっと祐介の頭を撫でる。

「とっても可愛いんだよ。誰にも見てもらえないけれど、本当に可愛いんだよ」

祐介は目の前の宙を見つめながら続ける。

「本当だよ。本当なんだ」

「わかっているよ」

花宮が優しく諭すように言う。

祐介がゆっくりと顔を伏せた。

「……僕、本当に妹ができて嬉しかったんだ。本当だよ」

花宮が祐介を抱きしめる。

「キミはなにも悪くない。生まれてくる妹を嬉しく思う気持ちと、怯える気持ちを一緒に持つのは当然だよ。人はいつだって、二面性に怯えているんだ。スズランの可憐な姿と、内に秘めた毒のように」

祐介がよくわからないといったように顔を上げる。

「難しい言いかたをしたね。つまり、祐介くんはなにも悪くないってことだよ。安心して」

ずっと祐介を見つめ伏していた花宮の瞼が上がり、丈太郎と目が合う。

花宮が声を出さずに唇だけで、丈太郎にそっと指示を出す。

彼の唇を読んだというよりも、空気を通して彼の気持ちが伝わってきた。

丈太郎は自分が作った棺桶を持ってきて、さっきまで掘っていた穴のそばに置いた。

「さあ、始めよう」

花宮が祐介を立たせて、裏庭の中心にやって来る。

丈太郎が作った小さな棺桶、見た目はただのベニヤ板の箱だが、花宮が厳かに蓋を開けた。

祐介が持っているティッシュの包みを入れると、花宮が小瓶の蓋を取り、液体を数滴こぼした。それから目線で丈太郎に段ボール箱を持ってくるように合図する。

「最後に花で埋めるんだよ。妹も、きっと花が好きだろう。人は花に引き寄せられるんだ」

花宮が段ボール箱を開けた。

軽いはずだ。中に入っていたのは、切り取った花。

白、赤、青、黄、紫、ピンク、水色。様々な色が目に、様々な香りが鼻に飛び込んでくる。

庭に咲いている花だけではない。丈太郎が見たこともない花もある。

花宮はどこから集めてきたのだろう。

「妹に花を捧《ささ》げて」

こうするんだよと、花宮が優しく花を両手で掬《すく》い、一度棺桶に落としてから丁寧に並べる。

祐介も真似《まね》して、花を棺桶に並べる。ただ突っ立っているわけにもいかず、丈太郎も彼らと一緒に花を捧げた。

花だけでなく、葉や実なども混じっているそれらを掬い上げ、棺桶に移す。

色も形も様々な花や葉で、棺桶の底はすぐに花で見えなくなる。

花に触れるたび、花が動くたび、香りが強くなる。

少しずつ花で埋もれていく棺桶を眺めていると、花の香りに酔ってしまいそうになり、丈太郎は頭を振る。

真夏の暑ささえ、亡くなった妹に遠慮するように、おとなしくなった気がする。さっきまで五月蠅《うるさ》かった蟬の声がいつの間にか止《や》んでいた。

偶然だろうか。丈太郎は少し寒気を覚える。

その間も静かで、厳かで、奇妙な葬式は進む。

丈太郎は幼い頃に体験した、祖母の葬式を思い出していた。

白い着物を纏った祖母の周りに、参列者が次々と花を捧げていく。やがて祖母は花に埋もれ、顔しか見えなくなった。

思い出すと、鼻の奥が痛くなって、涙腺を刺激する。

「さあ、お別れだ」

花宮が蓋を閉め、丈太郎が掘った穴に棺桶を下ろす。そして、土を被せていく。やがて、棺桶は完全に土の下に隠れた。

墓石もなにもない。周りの土よりも少し色濃くなっただけの墓。

じっと土を見つめている祐介に寄り添い、祈るように項垂《うなだ》れる花宮の髪が微かに揺れている。墓場で咲くにふさわしい紅の花、曼珠沙華のように。

不気味で禍々《まがまが》しく、それでいて美しく、なぜか心を落ち着かせる花。

今、丈太郎は祐介の背後に立って、日影を作っている。大きい自分の体で、祐介を夏の暑さから守る木陰のように。

「妹はまだいるかい？」

祐介が辺りを見回す。

「……いない」

祐介はうっすらと涙の浮かんだ目を花宮に向ける。

「妹はどこへ行っちゃったの？　もう、天国に行ったの？」

「そうだよ」

「僕のせいだったのかな？」

「いや。誰のせいでもない。これは運命だよ」

涙を流しながらも、祐介は鎖から解かれたような安堵の表情を浮かべていた。

花の香りが一瞬、天に向ってゆらぐ煙のように見えた気がした。

植物の香りと風とともに、祐介が抱いていた妹の魂が空に帰っていった。

冷房の効いた森のような店内で、丈太郎はソファに座り、花宮が淹れたアイスティーに口をつけると、体に溜まった熱と疲れが溶けるように消えて行く。

「最初から、祐介くんの妹がいないとわかっていたんですか？」

「完全な確信はなかったけれど、不自然さは感じていた。祐介くんは一度も妹の名前を口にしていない。つまり」

花宮は一呼吸おく。

「名前をつけられる前に、消えてしまったんじゃないかなって」

花宮は手を伸ばして、垂れ下がるように咲いているエンジェル・トランペットの花にそっと触れる。純白の朝顔に似た花は、スズランのように地面に向かって咲く。

「それにしても、子どもに毒を持たせようとするなんて」

気づかなかった悔しさを誤魔化すように非難する。

「間違って飲んだりしたら一大事じゃないですか。結果、祐介くんは受け取らなかったけれど」

花宮は小さく笑う。

「スズランの花言葉を知っている？」

「え？」

「純粋、謙虚などの他に『再び幸せが訪れる』というものあるんだ」

「再び幸せが、ですか」

「長い冬に閉ざされた北欧の人々にとって、スズランは春を告げる花だからね。フィンランドの国花でもある」

花宮は丈太郎をからかうように口元に笑みを浮かべて続ける。

「ただの縁起担ぎのようなものだよ。祐介くんに渡そうとしたのはスズランの香りを移した水。毒性はない。万が一口にしたとしても、あの量ならお腹を壊すこともないだろう」

「そ、そうですか」

害がないと断言されては、植物の知識がない丈太郎は黙るしかない。行き場を失くした悔しさを流すように、アイスティーを思い切りストローで吸い込んだ。

花宮は名残惜しそうにエンジェル・トランペットから指先を離し、少し寂しそうに呟いた。

「祐介くんの名前もない妹は、デス・ホワイトだった」

生まれなかった妹は白い花。

デス・ホワイトにしたのは祐介。

決して存在しないものを、祐介が無理矢理に存在させた花《いもうと》。

「彼にとって妹は、自ら作り出した存在しない恐怖だ。きっと感受性の強い子なんだ」

「自らが作り出した恐怖……」

花宮がなにもかも見透かすような目で微笑んでいた。

「もしかして、キミもありもしない恐怖を作り出していないかい？」

丈太郎の胸に冷たい棘が落ちる。

「え、いや、べつに」

うまく呂律《ろれつ》が回らない。まるで、毒が回ったように。

ふう、と花宮が小さく息を漏らした。

「まあ、いいや。今回は報酬も多かったしね」

湿りそうな空気を払拭するように、花宮が明るく言う。

「祐介くんから報酬をもらったんですか!?」

花宮はそっと腰を浮かして、テーブル越しの丈太郎の耳元に口を近づけ、さも極秘事項を打ち明けるように低い声を出した。

「相談料は種や木の実ですって、招待状に書いておいたんだ。次に店に来るときには持ってきてね、って」

「種？」

花宮は悪戯《いたずら》が成功したように、少し得意げで意地の悪い笑みを浮かべた。

「それに段ボールの中にも、花に紛れていくつかの種を入れておいたんだ」

それがなんなのだ、と丈太郎は首を捻る。

「シャニダールの花を知っているかい？」

「いえ。どんな花ですか？」

花宮が小さく笑う。

「花の名前じゃない。シャニダールという場所で見つかった花の化石のことさ。埋葬されたネアンデルタール人と一緒に見つかったんだ。三万前から六万年前に人は、すでに死者に花を手向けていたのさ。誰に教わることもなく、人間は花を愛《め》で、花に癒される。それに毒があったとしても。まるで……植物が人間を操るよう」

花宮が宙を見つめて、うっとりと言う。どこか儚《はかな》げで妖しい彼。

「植物たちは気づいたんじゃないかな。虫や鳥よりも、人間を虜《とりこ》にした方が効率がいいって。そして、人間は植物の奴隷になった。僕たちは植物に操られている、花の奴隷かもね」

花宮が薄《うつ》らと浮かべる笑みが、どうしようもなく妖しくて禍々しくて美しい。

思わず見とれてしまう。

花の魅力に逆らえずに、誘い込まれてしまう虫のように。

「おかわり、いる？」

空のグラスを持って立ち上がった花宮に、丈太郎は我を取り戻す。

「あ、いえ」

戸惑いを隠せない丈太郎の姿に、花宮はそっと手を差し伸べる。

「来年の今頃は、きっと可憐な花たちが裏庭に咲くよ。その花が今回の報酬だ」

でも、それって祐介が払ったと言うよりも俺の労働対価では、という言葉を丈太郎は飲み込んだ。

三匹目　呪いを解く草

緑色に覆われていたブロック塀が色づいていた。

丈太郎は自転車から降りて、狐につままれた気分で近づいていく。

昨日までなかった花が、壁の一部に咲き誇っていた。

丈太郎が帰ってから、花宮が一人で蔦を剝《は》いで植え替えたのだろうか。まるで魔法みたいだと感心していると、花宮が壁の上からぴょこっと顔を出した。

「どうかな？　時計草《トケイソウ》を這わしてみたんだ」

「お、おはようございます。これ、時計草《トケイソウ》っていうんですか？」

「うん。時計に見えない？」

「言われてみれば、そっくりですね。十枚の花びらの上にある細い紫のヒゲが文字盤で、雌しべ……かな、これが針に似てます」

「正確には五枚の花びらに五枚はガク。ヒゲは副花冠っていうんだ」

丈太郎は庭の隅に自転車を置いて、花宮に声をかける。

「何しているんですか？」

「受粉の手伝い。確実に受粉させれば、たくさん実が取れるから」

花宮は黄色い花粉をつけた綿棒で、雌しべを優しくトントンと触れる。

「もしかして、徹夜で時計草の世話をしていたんじゃないですか？」

魔法ではなくオーバーワーク。花宮の顔をよく観察すれば、目の下に薄らとクマがある。絶対眠っていないだろ、と呆れる。

「また倒れたら困りますから、ちょっと休んでください。客が来たら起こしますから」

花宮が考え込む。

「でも、受粉作業が……」

「俺がします」

丈太郎が心配な表情で睨みつけると、花宮は観念した。

「雄しべが下を向いているだろう。だから自然受粉の確立が低いんだ。どう、やり方わかった？」

力加減さえ気をつければ、あとは簡単そうだった。

「大丈夫だと思います」

「じゃあ、よろしく。ここから上はまだ。あと道側」

花宮は丈太郎に綿棒の入ったケースを渡すと、店の中に入っていった。

丈太郎がストレイシープ・フォレストに通い始めて二週間。庭も店もほぼ整った。もう、初期のような力仕事もなくなった。実際、丈太郎の仕事もなくなり、最近では花宮のお茶の相手をしながら、植物の蘊蓄を聞く時間が多い。最初は九時五時で働いていたが、一週間も経つと十時から三時でよい、用事があればいつでも休んでいいと言われた。

自由時間が増えるのは嬉しいが、それだけ借金返済が遅れるのはちょっと困る。そういえば壊した植木鉢や時給がいくらなのか、どれくらい働いたら解放されるのかをきちんと聞いていなかった。

壁を蹴り、植木鉢を壊した自分に百パーセント非がある。学校や親に迷惑をかけたくない。その一心で花宮に言われるがまま働いてきてしまった。

ブラックバイト……とは思っていない。

筋力体力仕事が多かったが、それは丈太郎の得意分野だ。頭を使うよりは体を使う方がいい。

それに、花宮の話を聞くのは嫌いじゃない。おかげで最近は、植物にも興味が湧いてきた。

綿棒の先で雄しべの花粉を取ると、今度は雌しべに綿棒の先をくっつける。花を傷つけないように、優しく優しく慎重に。それの繰り返し。

花宮なら五分で終わらせるであろう動作を、丈太郎は十分ぐらいかけて丁寧に、慎重にこなす。

内側の壁の受粉を終えて、道側に移動して三十分ほど経ったときだった。仕事に熱中していた丈太郎は背後から声をかけられた。

「素敵な時計草ね」

振り向くと、三十代半ばの女性が立っていた。フリルのついた日傘を差し、白いシャツにジーンズ姿で、肩から大きなトートバッグを提げていた。

「時計草って、白いのしか知らなかったわ。赤やピンクの花もあるのね」

女性はピンクの花びらを、そっと指先で撫でながら言う。

「写真を撮ってもいいかしら？」

「え、ああ、はい」

丈太郎が返事をするよりも早く、女性は取り出したスマートフォンで時計草の花を写真に収める。

客だろうか、単に写真が撮りたいだけか、女性に探りを入れてみる。

「時計草、お好きなんですか？」

「時計草だけでなく、花は大好きなの。それに時計草は、美味しい実をつけるものね」

「美味しい実？」

丈太郎が首を捻っていると、玄関扉が開いた。

まるで誰かが来ることを知っていたように、花宮が姿を現し近づいてくる。休んでいなかったのかと、丈太郎は小さくため息を零す。

「いらっしゃいませ。時計草にご興味が？」

女性は驚いた顔をしたが、すぐに笑顔に変わる。

「ええ。時計草もそうですが、パッションフルーツにも。あまりスーパーマーケットには並ばなくて」

「そうですね。デパートぐらいでしか、僕も見たことがありません」

花宮はひとり会話に入っていけない丈太郎に顔を向ける。

「丈太郎くんは食べたことないかな？」

「初めて聞きました」

「へえ、そうなんだ。なら、食べてみる？　五月に咲いた花の実があるんだ。休憩時間にしよう」

「え！　本当に」

丈太郎は特別果物が好きというわけではないが、美味しいなら一度は食べてみたい。

「よろしければご一緒にいかがですか？」

花宮が女性も誘う。

「え、で、でも、あの、ご迷惑じゃ」

突然、見知らぬ男性に誘われれば、誰でも戸惑い警戒するだろう。

「迷惑なんて。お店のアピール、宣伝ですから」

「お店？」

花宮が門のそばを指さし、女性は初めて看板に気づいたようだ。

「ストレイシープ・フォレスト、植物セラピー。どんなお店なんですか？」

花宮がスッと背筋を伸ばして女性の前に立つ。のほほんとした植物好きの優男から、店長のオーラが出ている。その変容っぷりを、丈太郎は不思議に思う。

「植物療法という言葉をお聞きになったことはございますか？　簡単にいうと、植物の力で人を癒すのです。体も心も」

「植物の力で。なんだか素敵ね」

「興味がありましたら、ぜひ話だけでも」

躊躇いを見せていた女性の目が輝いた。吸い込まれるように、花宮の後について、店内へと足を踏み入れる。

「まあ、素敵。まるで森の中にいるみたい」

女性はぐるりと店の中を見回して、ほうっとため息をつく。

「こちらにおかけください。いまフルーツとお茶を持ってきます。あ、丈太郎くんも適当に」

女性はベンチには腰を下ろさず、店内の植物をひとつひとつ丁寧に見て回る。スマートフォンで撮影するのも忘れない。

「翡翠《ひすい》カズラに、黒花田代芋《クロバナタシロイモ》。とても珍しいわ」

丈太郎がこんな植物が存在しているのかと目を丸くした花の名前を、女性は軽々と言い当てる。花が好きというのは本当らしい。それもかなり好きの部類に入るようだ。

「この真っ黒なバラは土耳古薔薇《とるこばら》かしら」

「そうですよ」

お盆を持って戻ってきた花宮が答える。

「え、でも、土耳古薔薇が黒いのはその土地の土壌条件で、他で育てても黒くはならないと聞きましたが」

「はい。土壌とユーフラテス川のpHレベルがバラを黒くするので、同じ場所でも季節によっては真っ黒くならず、濃い紫色だったりします。だからちょっと工夫をしています」

意味深な笑みを浮かべて花宮がテーブルにフルーツとお茶を置くと、女性はベンチに座った。

いつものように、客がいるときは脚立に腰をかけている丈太郎もテーブルにあるフルーツに目を向ける。

ツルンとした紫色の果皮に覆われた楕円形の果実。大きさはキウイぐらいだ。

お茶は冷たいグリーンティー。水出し緑茶だった。水出しの緑茶は渋みがなく、甘みが濃い。

「これはイラクサ？　私が知っているのとは、ちょっと違う種類みたいだけれど」

ベンチに座った女性が腕を伸ばそうとする。

「触らないでください！」

花宮が鋭く叫ぶ。

女性だけでなく、丈太郎も動きが止まった。

「それは、ギンピー・ギンピーというイラクサの一種です。触ると激しい痛みと苦痛を伴い、耐えきれなくなって自殺した人もいるぐらいです」

女性は素早く手を引っ込めた。

「ずいぶんと怖い植物もありますのね」

「ここは花屋とは違います。治療にはショック療法というのもありますから。取り扱い注意の植物も結構あります。申し遅れました、私は店長の花宮瑞樹と申します」

「私は」

女性は名乗りかけて、突然、目を泳がせた。まるで自分の名前を探しているかのように。

「……野際《のぎわ》典子《のりこ》と申します」

ようやく焦点の定まった目で、女性は小さく頭を下げた。

「野際さんですね。さあ、うちで採れたパッションフルーツをどうぞ。丈太郎くんも」

花宮は手に取ったパッションフルーツを簡単に二つに分けた。すでにナイフが入れられていたようだ。

一つを典子、もう一つを丈太郎が受け取る。

紫色の中は鮮やかなオレンジ色だった。一緒に受け取ったティースプーンで中身をすくってみると、プルプルとした実が現れる。オレンジ色の実は半透明のゲル状で、中にある茶色い粒が種だろう。一時期流行《はや》ったタピオカやチアシードみたいだった。

そっとスプーンを口に入れてみる。

想像したとおり、トロリとモチッとした食感が広がる。ジューシーな甘みとわずかな酸味。噛むと弾力のある中に、種の固さがいいアクセントになっている。

「美味しい」

素直に零れた丈太郎の感想に、花宮が顔を綻ばせる。

「とてもよく熟れていますね。ちょうど食べ頃」

典子もスプーンですくった実を、上品に口に入れて言う。

「あの、もしもまだパッションフルーツが残っていれば、譲っていただけないでしょうか？」

典子の要求に、花宮が首を傾げる。

「体の弱い五歳になる息子いるのですが、落ち着きがなくて。いつも病気やケガをしていて目が離せないのです。今も足を骨折していて、家のベッドで寝ているばかりだから、せめてきれいな花や美味しい果物をと思って」

それで花に詳しいのかと丈太郎が思っていると、花宮はますます首を傾げた。

「病弱なのに、ケガですか？」

典子が大きくため息をつく。

「本当に困った息子です。病気で寝ている時間が多いせいか、元気になったとたん、はしゃぎすぎてケガをして。それの繰り返しで、一時も心休まる時間がなくて。男の子って、みんなこんなものなのかしら。もう少し大きくなれば、落ち着くのでしょうかね」

花宮はグリーンティーを飲みながらなにか考え込んでいるようだ。

「あの、無理を言ってごめんなさい」

花宮の無言を拒否ととらえた典子が謝罪する。が、花宮はすぐにそれを否定した。

「いえ、実はまだありますから構いません。ぜひ、お子さんに。ただ、まだ熟していませんが」

花宮は立ち上がると、バックヤードへと続くドアを抜けて行った。そして、すぐにパッションフルーツを三つ持って戻ってきた。

「どうぞ、お持ちください」

典子は差し出された実を前に目を見開く。

「お代は結構です。さきほど言ったように、熟すまで待ってください。あと、一週間ぐらいだと思います」

典子は感激し、何度も頭を下げ、礼を言って帰っていった。

「いいんですか？」

丈太郎が尋ねる。

「いいんだよ。あれはサービスの一環。宣伝費みたいなものだ。ところで、なんでロボットみたいな動きになっているの？」

　棚や花瓶、壺《つぼ》から伸びている植物に触れぬよう慎重に行動しようとすると、どうしてもギクシャクとした動きになってしまう。天井から垂れているシダや蔓を避けようとすれば、背の高い丈太郎はかなり背を丸めなければならない、と言うと花宮はカタバミが弾けるように笑い出す。

「嘘だよ。そんな危険な植物を置いているわけないじゃないか。あったとしたら、厳重にガラスケースにでも入れておくよ」

　ならなぜそんな嘘を、と怪訝《けげん》に思っていると、花宮が近づいてきてそっと丈太郎の耳に口元を近づける。

「パッションフルーツはちゃんと熟さないと、酸っぱいんだ」

「え？」

　花宮が意味深に微笑む。

「とっても酸っぱいんだよ。喉がヒリヒリしちゃうぐらい」

野際典子は肩から提げたトートバッグに、パッションフルーツ三個分の重さを感じ、心満たされる。

匡生《まさお》への素敵なお土産ができた。珍しい果物を、きっと喜んでくれる。それに珍しい植物の写真を、早くネットにもアップしなければ。

外に遊びに行けない匡生には楽しみが限られている。読書やテレビ、ゲームと遊ぶものはいろいろあるけれど、五歳の男の子が外にも行けず、お友だちとも遊べないのはかわいそうだ。

自身で起こした事故とはいえ、五歳の子どもに注意を払って慎重に行動しろと言うのは無理がある。

もっと自分が注意をしていれば、と典子も後悔している。しかし、いくら専業主婦でも二十四時間一時も子どもから目を離さずにいるのは不可能だ。

典子にできるのは少しでもケガが早く治るように栄養たっぷりの食事をつくること、遊び相手になってあげることだ。

「あら、野際さん。買い物帰り？　なんだか嬉しそうね」

アパートの一階のベランダから声をかけられた。同じアパートに住む、戸田《とだ》恵子《けいこ》だ。

匡生と同じ歳の女の子がいて、一緒の幼稚園に通うママ友だ。

「ええ、ちょっと珍しい果物が手に入ったの。買ったんじゃなければど」

典子がトートバッグからパッションフルーツを一つ取り出す。

「あら、なにこれ？」

恵子が興味を見せると、典子は得意げな気持ちを隠して教える。

「パッションフルーツっていう南国の果物なの。珍しいでしょ。ビタミンも豊富で、他にも栄養があるのよ」

「へえ、初めて見たわ。美味しいの？」

「ええ。甘いゼリーのような実なのよ。最近食欲のない匡生も、これなら軽く食べられると思う」

「匡生くん、今度は骨折なんて。来年から小学生なのに心配ね」

典子はパッションフルーツをバッグにしまって大きくため息をついた。

「本当に。手のかかる子で」

「男の子ってやんちゃで大変よね。うちの子はときどき熱を出すぐらいで、大きなケガや病気はないから」

「羨ましいわ」

「野際さんは、本当によくやっているわよね。いい、お母さんよ」

いいお母さん。

彼女の言葉を胸にしまうと、典子は会釈してアパートの階段へ向かう。二階の八号室。戸田の斜め上の部屋。

鍵を開けて部屋に入る。2DKの部屋は玄関から、キッチン、リビング、寝室まで丸見えだ。リビングと寝室の襖《ふすま》を閉じていれば、家全体が丸見えにはならないが、家に帰ってすぐに匡生の姿を確認したい典子は、襖を取っ払っていた。

「ただいま、匡生ちゃん」

典子が声をかけても、布団の上の匡生はタブレットでオンラインゲームに夢中だ。あまり外に出ることができないから与えたものだ。

仕方ない。アレルギーの多い体質、風邪を引きやすい体、そしてやんちゃでケガをしやすい子。本当に手のかかる子だ。

でも、それが愛おしい。

典子はキッチンでパッションフルーツを二つに切る。

甘みと酸味が混じった香りが一瞬、ツンと鼻に抜けた。果汁で濡れたナイフを斜めに置いて、半分になった一方の果実を柄に立てかける。

ポケットから取り出したスマートフォンで写真を撮る。少しずつ角度を変えたり、果物やナイフの位置を変えて続けた。

二十枚ほど撮ったあたりで、写真を確認する。

紫の皮、黄色の果実に黒い種がよいコントラストになっている。食材がよく映るように購入した木製のまな板によく映える。

典子は一番見栄えがいいと思った写真を選び、ネットにアップした。

「これでよし」

典子は鼻歌を歌いながら、さらに果実を皿に移し、小さなスプーンを添えて、匡生の元に行った。

「これ、珍しいフルーツなの。食べてみない？」

切ってしまったフルーツは日持ちしない。それに、息子が珍しいフルーツを食べている姿をネットにアップしたいという欲求を、典子は抑えられない。

母が差し出したフルーツに、匡生の手が止まる。

見たことのないオレンジ色のゼリーのような果実。その中に浮かぶようにある種。見た目にもインパクトがあった。

匡生が期待を顔一杯に浮かべて、スプーンを口に入れる。その姿も写真に収める。

「酸っぱい、まずい！」

匡生が顔をしかめてスプーンを放り投げるように皿に戻す。

「栄養があるのよ。がんばって食べて」

典子が匡生の頭を撫でながら言う。匡生は眉間にシワをよせたまま、躊躇いつつも
スプーンを手に取った。

「これ食べたら、お友だちと遊べる？」

不安気に尋ねる匡生の頭を、典子は自分の胸に抱き寄せながら、ポケットのスマホ
を取り出す。

「きっと。ケガだけじゃなく、体も強くなるわよ」

実はゼリーのようなものだから、かまずともツルンと飲み込むことができる。匡生
はしばらくスプーンを睨んでいたが、意を決したように口に入れる。嚙まなければ、
そこまで酸っぱくはない。匡生は必死に飲み込み、実を空にした。

「えらいわね。匡生は本当にいい子」

典子が褒めながら頭を撫でると、匡生は誇らしそうに笑顔を見せた。

「夕飯は匡生の好きな、鳥の唐揚げよ」

「やったあ！」

喜ぶ匡生の頭をもう一度撫でると、典子はキッチンに入る。トートバッグから買っ

てきた鶏肉《とりにく》や野菜、財布を取り出した。

「あら？」

トートバッグの底に、ちょっとつぶれてしまった時計草の花があった。そっとつまみ出してみる。

典子は花を手のひらに乗せ、指先で弄びながら問いかける。

「紛れ込んだの？　それとも入れてくれたのかしら？」

外に遊びに行けない息子のために、珍しい花を。

パッションフルーツのパッションは「情熱」という意味ではなく、「受難」という意味のパッションだと本で読んだことがある。

時計の形をした、受難という意味をもつ花。

「受難……。まるで、今の私ね」

典子は口元に自嘲の笑みを浮かべながら花をカウンターに置くと、買ってきた野菜や肉を冷蔵庫に詰める。

「お母さん、この花、なに？」

知らぬ間にベッドから抜け出した匡生が、時計草の花を持っていた。

「それは時計草。時計に似ているでしょう？　今日はちょっと珍しい花屋さんに寄ってきたの。さっきのフルーツもそこでもらったのよ」

「僕も行ってみたい」

思いがけない匡生の言葉に、典子は頬をひくつかせた。

「……だめよ。そんな体で外に出るなんて」

匡生は典子の言葉に、しゅんとうなだれる。

「いい子ね。さ、ベッドに戻って」

匡生が素直に布団に潜ると、典子は大きく安堵のため息をついた。そして、匡生が興味を示した時計草の花を見つめる。

時計……。

もしも、時が巻き戻ったら、自分は今の人生を選んでいたかしら。

結婚前は、なにもかも自身でコントロールできた。予定も未来の目標も。

結婚してからは、家庭を優先させるため、自分の落ち度でもないのに、職場に頭を下げなければならないことが多かった。

子どもが産まれたら、それはさらに顕著になった。

夫はなにも変わらない。

名前も仕事の仕方も。

自分だけが名前も変え、仕事の仕方も変え、人間関係を変えている。変えながら、自分自身を失っている。

私は誰？

私は何？

私は野際さんの奥さん。

野際家の嫁。

匡生のお母さん。

私はどこにいったの？

私は誰かの所属品なの？

私自身はいないの？

私はいないの？

私の名前は典子。

蓮田《はすだ》典子。

蓮田典子として長野県で産まれたの。蓮田家の長女として。

幼稚園から高校まで長野で過ごした。私は優等生で、学級委員長になったり、生徒会長になったりしたわ。読書感想文コンクールや絵画コンテストで、金賞や銀賞をよく取っていた。

親にも先生にも友だちにも褒められていた。

推薦で東京の大学に進んだ。そこでは特に目立つ活躍はしなかったけれど、大手商社に就職し、平均よりも高い給与をもらって、週末はお洒落なショップやレストランに通っていた。

毎日が楽しくて、刺激的だった。

恋もした。そして、結婚した。

私は蓮田典子から、野際典子になった。

その瞬間から、私は少しずつ透明になっていった。

いったい、私は誰？

誰でもない私は誰かの妻で、誰かの母。

だけど、一つ特別なことができたの。

私は特別なお母さん。

病弱でケガばかりしている、手のかかる子どもに献身的に尽くすいい母親。

誰もが感心する、いいお母さん。

いろいろな私を捨てて得た、いいお母さん。

出張ばかりの夫は、私にたいして申し訳なさそうに感謝する。

義父母も私を労うようになった。

ママ友も、近所の人も私に感心し賞賛する。

だから匡生が手のかかる子でも、ちっとも苦労なんて思わない。

そう。私はいいお母さんなのだから。

少なくとも、匡生が自立するまでは、この受難を受け続けなくては。

でも、私はこの受難が苦痛じゃない。

いい母親。尊敬される母親。

それは野際典子よりも、価値がある。

「ママ」

匡生が典子を呼ぶ。

「どうしたの？」

虚ろだった典子の目が、聖母のような慈愛に輝く。

「なんか喉がイガイガする」

匡生がコホコホと咳をしながら訴える。

「まあ、風邪かもしれないわね。本当に匡生は体が弱いんだから」

「……ごめんなさい」

典子は匡生を抱きしめる。

ポケットの中ではスマートフォンが震えている。典子の投稿に、多くの人がイイネと称賛してくれている証《あかし》だ。

「いいのよ。仕方のないことですもの」

我が子の体温を感じながら、典子は考える。

あの店はきっと、私の役に立つ。

私はただの母親じゃない。みんなが尊敬する、いい母親なのよ。

●

丈太郎が散水ホースで水を撒《ま》くと、飛沫《しぶき》と一緒に小さな虹が庭の植物の上を滑っていく。今日も相変わらず気温が高いが、水と緑のにおいが夏の暑さを忘れさせてくれる。

「こんにちは」

「わっ！」

突然、背後から話しかけられて、丈太郎はうっかりホースを落としてしまう。

手から離れたホースは地面で跳ね、丈太郎の足下を濡らす。水撒《みずま》き用に借りたサンダルもジャージから伸びたがっしりとしたふくらはぎもびしょびしょだ。

「ごめんなさい」

「いえ、俺は平気です。そちらこそ、水がかかったりしませんでしたか？」

「私は大丈夫です」

丈太郎は急いでホースを手に取ると、手元のレバーで水を止める。

「店長さんはいらっしゃる？」

「はい、店にどうぞ」

丈太郎はホースを持ったまま、典子のために店のドアを開ける。瞬間、日光を浴びた庭の植物とは違う、ひんやりとした緑のにおいが流れ出てくる。

その中心に、花宮がいた。

「おや、野際さん。いらっしゃいませ」

花宮が仕草でイスを勧めるが、典子は一点を見つめたまま動かない。

「どうしました？」

花宮が問うと、典子は我に返ったように首を振った。

「あ、いえ。あの怖い植物はもうないようですね」

一瞬、花宮の目が冷ややかに細められた。だが、丈太郎が瞬きした間に、いつもの物腰柔らかな店長に戻っている。

「ギンピー・ギンピーですか。あれは危険なので、研究室の方へ移動させました」

「そうですか……。そうですよね、危ないですよね」

典子がゆっくりとイスに腰をかける。

また、嘘をついた。一体、花宮はなにを考えているのだろう。丈太郎は少し不安になる。だから、花宮から声をかけられたときには、思わず小さく飛び上がってしまった。

「丈太郎くん。お茶をお願いしていいかな。冷蔵庫に麦茶があるから」

「は、はい」

心を見透かされたのか。怪訝な表情をしていたのか。逃げるように店の奥の扉を開いて入っていく。なんだか、典子の前から追い払われたみたいにも思える。だが、深く考えることはやめた。

研究室を通り過ぎ、反対側のドアを開く。ダイニングキッチンには小さなテーブルに、冷蔵庫やオーブン、電子レンジと古い家にはそぐわない新しい家電。ここは花宮の住居にもなっていので、リノベーションしたのだろう。彼は料理が得意だ。

グラスに氷を入れて、冷蔵庫から取り出した麦茶を注ぐ。ふんわりと麦のにおい。ついでに自分の分もグラスに入れて一気に飲み干す。

使ったグラスはシンクに入れて、二人分の麦茶をお盆に載せてキッチンを出る。

「ぜひ、匡生くんと一緒にいらしてください」

ドア越しに花宮の声が聞こえた。典子を説得するような、彼にしては大きな声だった。

ドアをノックしてから店に入ると、花宮と典子は立ち上がって、店内の植物を見ていた。

「ここに危険な植物は一切ないのですか？」

典子が部屋を見回して言う。

「ええ、基本的には」

「基本的に？」

「スズランやスイセンには毒があります。でも、花や草を食べたりしなければ無害です。野菜でない植物を口にする人は、まずいないですから。でも、お子さんのいる家庭では気をつけた方がいいですね。さ、お茶をどうぞ」

花宮に促され、典子もテーブルについた。

「ところで今日は、どんなご用件で？」

典子はせわしなく瞬きした後、小さくうつむき視線を麦茶のグラスに落とす。

「その、あの、パッションフルーツのお礼を言いに。匡生も喜んでいました」

「それはよかった。匡生くんは元気になりました？」

典子は目を伏せる。

「心は元気にはなりましたが、体のほうが。体が治っても、またすぐに病気やケガをしそうで」

「心配がつきないですね」

花宮が大きくうなずくと、典子は顔を上げて身を乗り出した。

「そうなのです。本当に心休まるときがありませんわ」

どこか芝居がかった態度に、丈太郎はなんとなく違和感を覚えた。

「ご用件はそれだけですか？　僕は人間だけでなく、植物のセラピーもしますよ。なにか庭木で困っていることがあれば、お気軽にご相談ください」

花宮が尋ねると、典子は今思い出したように告げる。

「あ、すみません。ベッドにいるばかりの匡生を楽しませる植物がないかと思いまして。この前のパッションフルーツが好評だったので。なにか珍しい、人の好奇を煽《あお》るなにか」

「ギンピー・ギンピーのように？」

からかうような花宮の言葉に、典子は一瞬顔をこわばらせた。

「……まさかそんな危険なものは」

「あれは危険ですが、イラクサ科の植物は意外と身近にあるんですよ。種類も多くて、薬品、伝統薬、料理、繊維に使われています」

「知りませんでした」

花宮の蘊蓄は続く。

「薬草の役目がある植物だからでしょうか、呪いを解く草としても有名です」

「呪い？」

典子は怪訝そうに眉を顰める。

「そうです、呪いです。野際さんがギンピーギンピーに目が止まったのも、なにかの縁、予兆かもしれませんね」

典子の頬が一瞬引きつった。

「それは……わかりませんけれど、ベッドからなかなか出られない息子のために、面白い植物があればと、いつも探しているので。変わった花や葉のものとか」

花宮は顎に手をあてて考え込む。

「男の子なら花よりも、ちょっと珍しい植物はどうでしょう?」

「珍しい?」

「こちらにどうぞ。裏庭にご案内します」

「裏庭?」

花宮が立ち上がると、糸で引っ張られるように典子も腰を上げた。

「丈太郎くんも一緒においで。まだ教えていない植物だよ」

声をかけられて、丈太郎も典子の後について裏庭に出た。庭の中心、数日前に祐介の妹を弔った場所は、周りの土よりも色が濃く、表面が凸凹し、誰の目にも掘り返された形跡が残っていた。

典子は気づいていないのか、気にしていないのか、その場所を通って庭の奥にいる花宮のそばに寄った。

丈太郎は花宮同様に、庭の中心を避けほんのすこし迂回《うかい》して彼の近くへ寄った。

「この植物です」

花宮が腰を屈めて、周りに生えているドクダミ草をかき分けた。

「まあっ！」

典子が悲鳴に似た感嘆の声を上げる。丈太郎も息を飲んだ。こんな植物が隠れているなんて知らなった。気づかなかった。

ドクダミの群れに隠れるようにして生えているその植物は、見たこともない奇妙な姿をしていた。

イソギンチャクのように細い茎が円形に伸びている。その先には赤い花。いや、よく見ると放射状に伸びた細い毛の先に、ビーズのように小さな赤い液体が溜まっているのだった。半透明の液体は陽の下ではルビーのように美しく、陰の下では血のように不気味に見えた。

典子がしゃがんで植物に顔を近づける。

「危険なものですか？」

「まさか」

彼女の質問に花宮が間髪入れずに答える。

「初めて見たわ。とても神秘的な植物だわ」

典子はポケットからスマートフォンを取り出す。

「あの、撮影しても？　珍しい植物を息子に見せてあげたくて。あまり外に出られないから、きっと喜びますわ」

「ええ、どうぞ」

花宮の返事を聞くや否や、典子は夢中で植物を撮り続ける。

「モウセンゴケの一種で、ダービーエンシスという名前です」

「すごくきれいね。まるで朝日を映した朝露を散りばめているよう。ルビーのように美しいわ」

典子はうっとりとした目で、なんどもシャッターを押す。

「細いそれは触毛です。そしてその先にある、赤い露に見えるものは、粘液で虫を捕まえます」

「……虫を捕まえる？」

取りつかれたようにスマートフォンをのぞいていた典子が顔を上げた。

「モウセンゴケは食虫植物です。土から栄養を摂ることを諦めて、虫を誘い込み殺して栄養を奪います」

典子の目が輝いた。

「私、食虫植物ってハエトリソウしか知らなくて。詳しく教えてくれませんか？」

ちょうどハエがブーンと羽音を立てて典子の目の前を横切り、ダービーエンシスに近づいた。ハエはルビーのような露に見とれるように周りを飛び回る。そのうち、我慢できなくなったように、ルビー色の絨毯《じゅうたん》に止まった。

ハエは嬉しそうに体を揺らしていたが、やがてそこから飛び出せないことに気づいたようだ。羽ばたく羽は無意味になり、体の自由は奪われ、もがくほど赤い露に捕らわれてやがて力尽きる。

「見ての通り、露は虫をとらえて逃さない粘液です。色や香りで虫をおびき寄せ、触れたら絶対に逃さない」

花宮の説明に、丈太郎の背筋はぞわりとする。なんて恐ろしい二面性。外面の美しさと、内面の残虐さ。

露に落ちたハエはすでにぐったりと体を預けている。スローモーションの動きで触毛がゆっくりとハエを抱き込む。

「息子が喜びますわ……」

写真から動画撮影に変えてスマートフォンを持っていた典子が、興奮を抑えながら言う。

「こんな植物……本当に珍しい。見せてあげたい」

「なら、見せてあげてはどうですか？」

花宮の言葉に、典子が目を剝《む》く。

「見せるって……。この植物を持ち帰っても？」

「さすがにそれは無理ですよ」

花宮が笑い、典子が恥ずかし気に目を伏せる。

「本来はこんな気候、土地では根付かない植物です、土を掘り起こしたりしたら枯れてしまうでしょう。ここで育ったのは奇跡に近いのですから」

「え、ではどうやって」

「息子さんと一緒に遊びにいらしたらどうです？　他にも珍しい植物がありますよ。半透明の花や、ガラスのようなサボテン、チョコレートの香りがする花とか」

典子がスマートフォンを強く握りしめて、蜜に吸い寄せられた虫のように花宮に顔を寄せる。

「今、見せていただけるのですか？」

「すみません。今すぐには、ちょっと。奥から出さなくてはならないし、調整もあるので」

「そ、そうですよね」

典子は落胆を見せないようにしているつもりだろうが、萎れた草のようなオーラが全身からにおい出ている。

「息子さんがいらっしゃるときまでにはご用意しておきますよ。それにこの庭、大きな木もあって魅力的でしょう？」

「でも、息子は今……少し体調が悪くて」

「すぐでなくても。体調がよくなったら。外に出られるなら、車で迎えに行きますよ」

「そこまでは……いくらなんでも悪いですわ。それに外に出ると、あの子すぐにケガしたりして」

典子のスマートフォンを握る手に力が入る。

「大丈夫ですよ。力の強い丈太郎くんがついていますから。太陽と植物が、きっと匡生くんを元気にしてさしあげますよ」

花宮がヒマワリのように自信満々に胸を張る。

「ここは植物療法のストレイシープ・フォレスト。迷える羊たちをちゃんと行くべきところに案内しますから」

●

いい写真が撮れた。

バスの中で、典子は興奮していた。

数日前に投稿したパッションフルーツの写真は好評だった。イイネがたくさんついていた。フォロワーも五人ほど増えていて、心が躍る。

フォトジェニックな料理、珍しい食材はそれだけで高評価を得る。

典子はケガや病気をしがちな息子の世話を献身的にする母親として、育児カテゴリーのユーザーの中でフォロワーを徐々に増やしつつある。

病気がちで外に遊びにも行けず、遊びに行くとすぐにケガをしてしまう手のかかる子どもを育てている典子には、同情や励ましのコメントが多く寄せられる。

中には同じ思いをしているという母親からのものも。

木製のまな板の上にある、紫色の皮に黄色の果実を持ったパッションフルーツ。

黄色い果実をスプーンですくって食べる、ベッドの上の息子の写真にもイイネがたくさんついている。

『太陽が射《さ》しているベッドの上の息子さん。可哀《かわい》そうで涙がでてきます』

『美味しそうな果物ですね。きっと息子さんも喜ばれたでしょう』

『なかなか外に出られないお子さんのために探したのですか？　とても素敵なお母さ

ん』

『早くお外で遊べるようになるといいですね』

顔は映していないが、ベッドの上でパッションフルーツを食べる息子の姿からは、母親の愛情と苦労が読み取れて、フォロワーの同情をかなり引いたようだ。

典子は今日撮った写真をさっそくアップする。

赤い小さな玉をいくつもつけた、美しいような恐ろしいような不思議な植物。食虫植物なんて言葉もインパクトがある。

『息子が退屈しないよう、なにか面白いものがないかと探していたら見つけました。小さなルビーをたくさんつけたような植物。きれいだけれど、ちょっと気味悪くも感じます。食虫植物だからかしら』

投稿してポケットにスマートフォンを戻したとたん、ピコーンと誰かがコメントした音が鳴る。すぐにスマートフォンを手に取り、コメントをチェックする。

『初めて見ました。こんな植物があるんですね。名前はなんていうんですか？』

名前……、典子はスマートフォンを握りしめながら考える。店長はなんて言っていたっけ？　写真を撮るのに夢中で、食虫植物しか覚えていない。

投稿サイトを一時閉じて、画像検索をかける。すぐに答えが見つかった。

『モウセンゴケの仲間です』

『息子さん、さぞ喜んだでしょうね。どこで売っているのですか？　私もインテリアに欲しいです』

どうしよう。典子は焦る。あの植物は持って帰ることができなかった。どこかで売っているのか。世話は簡単なのか、難しいのか。店長に聞けば、きっと丁寧に教えてくれるだろうが、今すぐ店に戻るのも不自然だし。

とにかく返事を出さなくては、早いレスポンスが、フォロワーを増やす鍵だ。

『知人の庭に生えていたので、持って帰ることはできませんでした。日本で育つのだから、どこかで販売しているのではないでしょうか？』

『じゃあ、息子さんには写真を見せただけなのですね。写真でしか見られないなんて、かわいそう』

すぐに返ってきたコメントに凍りつく。

この人は私を批判しているのかしら？

私だけが実物を見て楽しんで、息子には写真で済ませたことが許せないのかしら？　私だけが楽しんでいると思われている？　ベッドから出られない子ども置いて、外出ばかりしていると？

スマートフォンを持つ手が震える。誤解を解かなくては。匡生は動けないのだから。

「ママ、お腹減った」

パジャマ姿の匡生がキッチンに入ってきた。

「匡生、寝ていなければだめでしょう」

「だってもう、元気だよ。熱もないし、足も痛くない」

匡生が得意げにジャンプして見せる。

「止めなさい。下のお家に迷惑だわ」

家賃の安いアパートは防音の設備などない。騒音が周りに広がる。

だが、典子の心配はそれだけではない。

「僕、もう学校行けるよね。友だちと遊べるよ」

元気いっぱいの息子。外に出たがっている息子。それはダメなのだ。そんなのは嫌なのだ。彼はいつだって、自分の保護がなければなにもできない存在でなければ。いつもベッドに横たわっているか弱い存在でなければ。

でも……。

彼に珍しい植物を見せてあげることは？

彼の体調が良くなったと報告するのはどうだろうか？

典子は素早く計算する。

自身の献身的な行いで、息子が少し元気になり珍しい植物に直《じか》に触れる。それは、とてもキャッチーなことではないか。

「また、珍しい果物？」

匡生が近寄って来る。典子のスマートフォンをのぞき込み、写っている写真を見て声を上げた。

「すごい。僕、これ見てみたい」

匡生が興奮して、キッチンカウンターに手をかけてピョンピョンと飛び上がる。

「ママは見たの？　僕も見られる？」

典子は戸惑い、困惑する。自分を非難しているコメント、目の前には元気な匡生。

「僕、もう元気だし、外に出たい」

匡生は典子に駆け寄り、無邪気に外出をねだりながら腕にしがみつく。うっかりスマートフォンが手から落ちて大きな音を立てる。

「やめて！」

典子が匡生の腕を振り払い、素早くスマートフォンを拾い上げて液晶にひびがないか確認し、胸を撫でおろす。

「ご、ごめんなさい」

匡生が顔を強張らせながら謝る。典子は自身を落ち着かせるために、長いため息をついた。

「いいのよ。あなたはそそっかしいから、物を壊したり、ケガをしたりするのよね、いつも」

典子は匡生に顔を近づけ、かみ砕くようにゆっくりと言い聞かせる。

「そうでないときは病気になる。あなたは体が弱いんだもの。仕方ないわ。いつもケガか病気をしている」

匡生が項垂れる。

典子はぼんやりと考える。

まだ幼い我が子。今、なにを感じているのだろう。

外に出られない悲しみ？

いつも母親に心配させている反省？

自身の体の弱さを恨んでいる？

それともよくケガをする自分の迂闊《うかつ》さを悔やんでいる？

息子の気持ちがわかるかと、典子はそっと匡生の頭に手を置いた。匡生が顔を上げた。期待と喜びに満ちた表情で。

彼の世界は母親である私で構成されている。そう思った瞬間、典子の胸に心地よい暴風が巻き起こった。

匡生を抱きしめる。柔らかくて、温かい。

「ママの知っている花屋さんに行ってみる?」

「いいの?」

おずおずと尋ねる息子の背中をさすって答える。

「もちろんよ」

「行きたい!」

匡生は即答する。典子は腕から匡生を開放した。

「じゃあ、明日にでも行きましょう」

「うん!」

典子は匡生の頰をそっと撫でた。日向《ひなた》の果実のような頰。

外に出たら、きっと息子はケガをする。

あるいは疲れて、また体調を崩す。

スキップのような弾んだ足取りで、匡生が自分の部屋に戻っていく。

小さな後姿を見つめながら、典子は満足気に微笑んだ。


最初はどうしてたどり着いたのかわからなかった。

大通りから一本道を外れた細い小路《こうじ》のような道。

行き止まりにあったのは、ストレイシープ・フォレストという、摩訶不思議《まかふしぎ》な店。

植物療法というけれど、よくわからない。

●

ストレイシープ・フォレストの門をくぐった途端、庭に出ていた花宮が心配そうな顔をして丈太郎に近づく。

「丈太郎くん。なんか顔色が悪いよ。徹夜で勉強でもしていたのかな？」

「え？　いいえ」

花宮が腕を伸ばしてきて、丈太郎の額に手の平を当てる。

「少し熱があるかな」

花宮は小首を傾げて、手のひらを丈太郎の左頰に移して心配そうに眉を顰める。

「体が重くない？　いつもより動きが緩慢だし」

言われてみれば、普段使わない筋肉を使ったせいか、若干肩が重い気がする。ちょっとトレーニングをし過ぎたか、夏の暑さに多少バテているのかもしれない。

「大丈夫？　少しキッチンか店の中で休むかい？」

「いえ、別に、大丈夫です」

「でも、本当に顔色が悪いよ。どこか具合が悪いところはないかい？」

「ちょっと体が重い気がしますが、たぶん夏バテです。たいしたことありません」

花宮がくるりと丈太郎に背を向け、やがて震え出した。

「ど、どうしたんですか！」

花宮もまた体調を崩したのだろうか。慌てて彼の前に回り込み顔をのぞき込む。そして、愕然《がくぜん》とした。

「は、花宮さん……？」

花宮は笑いを堪えていた。なんで、と訝る丈太郎に、花宮が指先で涙を拭いながら言った。

「丈太郎くんは素直ないい子だね」

「素直ないい子って」

　まるで小学生への褒め言葉だ。訳が分からず、しかも子ども扱いされた不満が顔に出た。それを見て、花宮が堪えきれなくなって吹き出した。

「ごめん。嘘だよ」

「嘘？　どれが？」

「全部。顔色が悪いっていうのも、少し熱がありそうっていうのも全部。丈太郎くんはいつも通り元気な姿だよ」

「え？　え？　え？」

　訳が分からずに、笑う花宮を見つめる。

「顔色はいつも通りだし、疲れた様子なんてないよ」

「じゃ、なんで？」

　戸惑い狼狽える丈太郎に、花宮が笑いを堪えながら種明かしをする。

「言霊って、知っている？　言葉には魂、神が宿って、発した言葉が現実になってしまう」

「聞いたことはあります」

「今のは、それだよ。キミは顔色も悪くないし、体調が悪いようにも見えない。けれど、僕がしつこく体調が悪いと言えば、なんとなく調子が悪いと思い込んでしまった」

確かに……、と丈太郎は額に手を当てる。

「これには二つの作用が働いているんだ」

花宮は人差し指を立てる。

「一つは相手の言うことを、真に受けてしまう場合。もう一つは、相手に花を持たせる場合」

「はあ？」

「丈太郎くんの場合は前者だね。僕の言葉に影響されたんだろう。呪いって言い方は語弊があったかな。言霊とはよく言ったよね。でも……」

花宮はシダの葉を整えながら、弱ったように微笑む。

「キミもかなり強い呪いに掛けられているよね」

「え……」

どういう意味だ、と問う前に花宮の視線が、丈太郎の背後に移る。

丈太郎が振り返ると、こちらに向かって歩いてくる母親と息子が見えた。母親は見覚えがある。

「へんな花！」

時計草を見つけるや否や、母親の手を振り払って駆け寄ろうとする子どもを典子が素早く掴む。

「走ってはダメよ。あなたはすぐ転んでケガをするんだから」

「ご、ごめんなさい」

珍しいものを見つけて輝いていた子どもの表情が消え、萎れた草のように頭を垂れた。

「いらっしゃい、野際さん。彼がお子さんの、匡生くんですか？」

「あら、庭にいらしたんですか？」

典子はすぐによそ行きの笑顔を浮かべて会釈する。

看板の前までくると、匡生は目の前にある時計草に釘付《くぎづ》けになる。

「初めて見たかい？　時計草っていう花なんだ。時計に似ていないかい？」

「うん。面白い。初めて見た」

「店の中には、もっといろいろな珍しい植物があるんだ」

花宮が手を差し伸べると、匡生が飛びつくように握る。

「野際さんもどうぞ、店内に」

玄関扉近くにいた丈太郎は、みなをエスコートするように扉を開けた。慣れ親しんだ水と緑の香り、冷たい空気が流れてくる。

匡生は花宮の手を握ったまま、丈太郎を見上げてポカンと口を開けて固まる。

体格のいい丈太郎はどうしても相手に威圧感を与えてしまう。しゃがんで精一杯の笑顔を作って匡生に話しかける。

「こんにちは」

「……こ、こんにちは」

花宮の後ろに隠れるようにして匡生が返事をする。

「バイトの風見丈太郎くんだよ。高校生で、とても力が強いんだ」

「こうこうせい？」

高校生なんてまだまだ子どもだが、匡生から見れば大人にちかい。

「さあ、まずはお茶でも。座って、少しお待ちください」

丈太郎がお茶を用意している間、花宮はガラス戸の扉から小さな鉢を取り出し並べる。緑色の半貴石のような植物たち。

「これはキミに見せたかった植物だよ」

それはいくつもの多肉植物。スケルトンで光に晒《さら》すと半透明に見える。

「雫石《しずくいし》と呼ばれる植物だよ。簡単に言うとサボテンみたいなもの」

「ガラスみたい……」

典子はポケットからスマートフォンを取り出して、熱心に撮影する。

ガラス細工のような植物は、ネットで話題になるに違いない。

スマートフォンで夢中で写真を撮る典子を放って置いて、花宮が匡生に声かける。

「裏庭には大きな木や、不思議な植物があるよ」

「見ていいの⁉」

立ち上がろうとする匡生に、花宮はそっと手を挙げて制する。

「裏庭は逃げないよ。ゆっくりお茶を飲んでからね。水分補給をしておかないと。丈太郎くんもだよ。木登りの先生、よろしくね」

「えっ」

お茶を置いて、キッチンに引っ込もうとしていた丈太郎の足が止まる。匡生も目を大きくしている。彼としては優し気な花宮ではなく、体の大きな丈太郎と二人きりになるのは少し怖いのだろう。熊と遊べと言われた気分に違いない。

花宮は安心させるように、匡生に顔を近づけ微笑む。

「丈太郎お兄ちゃんは、とても強いんだ。だからどんな遊びにも付き合ってくれるよ。木登りとか」

ちょっぴり恐ろし気に丈太郎を見ていた匡生の視線が、途端に尊敬のまなざしに変わる。

「木登り、できるの？」

「え、ああ」

「丈太郎くんは腕も足も長いし逞《たくま》しいからね。猿のようにスイスイと登るよ」

「すごい！」

そこまででは、と丈太郎が心の中で反論した瞬間、背後で尖《とが》った声が上がる。

「木登りですって！」

スマートフォンを手にしたまま典子が匡生のそばに寄る。

「だめよ。きっと、ケガをするわ」

「大丈夫ですよ。丈太郎くんが、ちゃんとフォローしますし」

「でも、きっと迷惑を。うちの子、本当にそそっかしくて」

さっきまで丈太郎のことをキラキラした目で見上げていた匡生は、虚ろに自分の太ももに目を落としていた。

匡生はとてもおとなしく素直な子どもに見える。病気やケガばかりしていると母親は言っていたが、貧弱には見えない。

「匡生はお友だちが少ないから、遊んでいただけるのはありがたいのですが」

典子はおどおどと縋るような目で丈太郎を見る。

「でもきっと、匡生はケガをするわ。いつもそうなの。匡生は――」

ガチャンと花宮の手からグラスがテーブルに落ち、大きな音を立てた。

「失礼。手が滑って」

グラスは倒れなかったが、お茶が少し飛び散ってしまった。丈太郎は素早く腕を伸ばして、シダの葉に隠れている棚のティッシュ箱を引っ張り出して花宮に渡す。

花宮は飛び散ったお茶を拭きながら典子に言う。

「とりあえず座ってお茶をどうぞ」

典子はしばし迷い立ち尽くしていたが、やがてストンと糸が切れたように腰を下ろし、自分に用意されたグラスを手に取った。

「このお茶は？」

匂いを嗅いだ典子が尋ねる。

「ネトルティーです」

聞きなれない名前に典子が沈黙する。

「ハーブティーの一種ですよ。匂いも味もクセがないですから、飲みやすいと思います。ビタミン、鉄分が豊富なお茶ですよ。水分補給をしてください。暑い中いらっしゃっていただいたんですから」

典子がゆっくりと口をつける。それを見てから、花宮は続ける。

「ネトルは別名、イラクサ」

花宮は匡生に話しかける。

「呪いを解く植物だよ」

「呪い？」

花宮が朗らかに続ける。

「白鳥の王子という童話を知ってる？」

「僕知っている。絵本で読んだ！」

匡生が声を上げた。さっきまでの、落ち込んだ表情は消えていた。

「そう。その絵本に出てくるイラクサのお茶だよ」

悪い魔女によって白鳥にされてしまった十一人の兄たちを人間に戻すため、妹が棘のあるイラクサで一生懸命に上着を編む話。編む間は一言も喋《しゃべ》ってはいけない。イラクサの棘で指に血を流しながら、黙々とイラクサを編む妹は魔女の疑いをかけられて拷問されてしまう。それでも妹は兄のために上着を編む。魔女裁判で死刑にされる寸前に、妹は飛んできた白鳥の兄たちに上着を投げ、それを着た彼らが人に戻り、彼女の疑いは無事晴れ、悪い魔女は退治されるという、有名なアンデルセン童話。

匡生が手に持っているお茶に目を向ける。

「これが、その草でできたお茶なの？」

「そう。だからこのお茶には、呪いを解く力があるんだ」

匡生が首を傾げるかたわら、典子は悪臭でも嗅いだような神妙な顔をしていた。そして、匡生のほうをみてそっと呟く。

「木登りなんて、心配だわ。匡生はきっとケガをしてしまうわ」

悲し気に目尻を下げる典子だが、声は丈太郎に媚《こ》びているかのように艶っぽい。言葉に反して、匡生と遊んで欲しそうに思える。

戸惑う丈太郎を救うように、花宮が声を掛ける。

「飲み終わったら、庭で遊んでくるといいよ。暑くなったら、すぐに屋内に引っ込んで、冷たいものを飲むんだよ」

「私も一緒に」

「大丈夫ですよ。安心してください」

腰を上げようとした典子を花宮が制し、裏庭へ行こうとする匡生に声をかける。

「丈太郎お兄ちゃんは、とっても運動神経がいいんだ。走り方も飛び方も教えてくれるよ」

花宮の言葉に丈太郎の表情が一瞬凍る。逆に匡生の顔には輝きが戻り、すぐにでも駆け出して行きたそうにそわそわしだす。

そそっかしいという典子の言葉を信じて、丈太郎は匡生の手を取って、店の奥のドアを開けて、裏庭へと伸びる廊下を歩いて行く。

「お兄ちゃんは、どれくらい高い木に登れるの？」

匡生が無邪気に尋ねる。

「ええと、そんなに高い木には登ったことがないよ。二メートルぐらいかな。そもそも、驚くほど高い木なんてこの辺りにはないし」

「二メートルって？」

「俺よりも少し高い木かな」

匡生と繋いでいない右手を頭の上に乗せ、人差し指と親指を目一杯広げる。一八五センチの身長に手の大きさが加わって、丁度二メートルぐらいの高さを表現した。

自分の身長と変わらない木に登るもなにもないが、小さな匡生にとってはとても高く思えるらしい。

木登りなんて小学生以来、久しぶりだなと思いながら裏庭に続くドアを開けると、夏の暑さに包まれる。

「わあ、すごい！」

裏庭を見た匡生が、感嘆の声を上げる。

「匡生くんが見た、お母さんの写真の植物はこれだよ」

丈太郎は庭を真っ直ぐに進み、ドクダミの草をかき分け足を踏み入れると、赤いしずくをつけた不思議な植物、モウセンゴケが現れる。ストレイシープ・フォレストに通い始めて三週間経つ丈太郎も気づかなかった。

この店は、昨日までなかった植物が、魔法のようにポンと自然に生えていたりするのだ。

いや、丈太郎は知っている。それは魔法ではなく、寝食、疲労を忘れて草いじりをしている花宮の所業なのだと。彼は夢中になると自分が人間ということを忘れて、植物のように水と光さえあれば大丈夫だと勘違い……しているように思う。

微かな風に揺れると、小さなエイリアンのようになるモウセンゴケに、匡生はしゃがみ込み、顔を近づける。

「触ったらダメ？」

「ベトベトして気持ち悪いよ」

「そしたら糊《のり》みたいになって、木登りしやすくなるかな」

子どもの発想に丈太郎が噴き出した。

「ヤモリみたいに？」

「ヤモリ？」

「家の壁とかにひっついているだろ」

「それは気持ち悪いや……」

匡生は指を引っ込めて、クスクスと笑い出して立ち上がる。

「お兄ちゃんは、あの木に登れる？」

庭の奥にある木を指さす匡生には、丈太郎に対してほんの少しの恐れも遠慮もなく、完全に打ち解けてくれたようだ。

この庭で一番大きな木、楡は三メートル超える高さだ。

木は傘のように緑色の葉を茂らせている。どっしりとした幹から、天を仰ぐように枝が伸びている。下のほうの枝は、ほぼ地面と平行に伸びていて、これなら匡生にも簡単に木登りができそうだ。

猿のレベルまで達してはいないが、丈太郎も匡生ぐらいのときは公園や庭の木によく登っていた。あの頃は、まだほかの友だちと体格の差はあまりなかった。背がいきなり伸び始めたのは中学生になってからだ。周りのクラスメイトを置いてきぼりにして、グングンと身長が伸び、友だちに誘われて体育系クラブに入ったために筋肉もどんどんついて、気づけば他人に威圧を与えるような体格になってしまった。

丈太郎は自分の胸の高さにある枝に手を伸ばす。枝とはいえ、幹と言っていいほどの太さがある。たぶん直径三十センチ近くはあるだろう。体重を込めて揺らすが、びくともしない。

「っしょ！」

丈太郎は大きくジャンプして、腕で枝に乗りかかる。さすがに枝は少しだけしなったが、折れる気配は微塵もない。力強く丈太郎を受け止めている。まず右足を乗せ、手を枝から幹に移して、ゆっくりと体を引き上げて、左足も枝に乗せる。そして、慎重に立ち上がると、視界のほとんどが葉になった。葉の隙間から見える、空と店の緑の屋根。

濃厚な瑞々しい葉と、少し乾いた土のにおいに似ている木の香りに包まれる。

楽しい未来しか想像できなかった子どもの頃を思い出す。

丈太郎は幹に抱きつきながら少し高い枝に足を乗せて、階段を上るように移動する。

同じようにしてもう二つほど枝を上った。

「お兄ちゃん、すごーい」

視線を下に向ければ、目と口を大きく開けて丈太郎を見上げる匡生と目が合う。

次に高い枝は、さすがに力を入れるとしなって、体重八十五kgの自分を受け止めることはできないと判断する。

幹をよじ登って上を目指すことも可能だが、高いところを目指すのが目的ではないしと、丈太郎は木を降りはじめ、最後の枝から地面に飛び降りた。

高さは一メートル五十センチぐらいあったが、下は雑草のクッションで足に負担はほとんどない。

木の頑丈度はだいたいわかった。丈太郎は匡生に手を伸ばす。

「次はキミの番だよ」

匡生はおずおずと一番低い枝に手を伸ばす。手は届くが、小さな彼の手では枝を摑むことはできず、ただ置いただけだ。摑めたとしても、彼が懸垂《けんすい》のように自分の体を腕だけで持ち上げられるとは思えない。

「俺のようには無理だよ」

丈太郎は笑って、匡生の脇の下に手を入れて、軽い体をひょいっと持ち上げる。

「わあ！」

匡生は太い枝が突然目の前にやってきたことに興奮する。

「ゆっくり足をかけて枝の上に乗ってごらん」

匡生がこわごわと右足を枝に駆けて、ゆっくりと体重を乗せていく。枝を跨《また》ぐように座った匡生が、今度は慎重に立ち上がろうとする。

「慌てないで。幹にしっかり抱きつきながら」

彼が落ちてもすぐに受け止められるよう手を伸ばしながら、丈太郎はアドバイスをする。

豊かに茂った葉のせいで、木の中心は木漏れ日さえ落ちてこない。視線を上げても太陽の姿はなく、色とりどりの緑と、緊張しながらも楽しそうな匡生の顔。

匡生が立ち上がると、丈太郎も嬉しく思い拍手する。

「じゃあ、今度は右側の枝に乗り移ってごらん」

一番下の枝は地面から百五十センチほどあり、自分の身長よりも高い匡生には手を届かせるのが精いっぱいだったが、次の枝までは八十センチほど。彼の胸よりも少し低いぐらいだ。鉄棒に飛び上がるように枝に移動できるはずだ。

「うん」

匡生は頼もしくうなずいて、幹から丈太郎の示した枝に手を移動させ、思い切り枝を蹴って飛び乗った。

あまり外で遊んでいないと聞いていたから不安だったが、彼の運動能力は問題なさそうだった。匡生はうまく次の枝に移動した。しっかりと枝につかまっているのを確認して、丈太郎は自分も太い枝に上った。丁度、匡生のいる枝から九十度東の位置。頭の高さは匡生とほぼ変わらない。腕を伸ばせはすぐに捕まえられる。

「もう一本上の枝にも登れる？」

匡生が力強くうなずいて、一番近い枝に手をかける。

枝の間隔は上に行くほど狭くなるから、登るのは楽になっていく。だが、その分足場は狭くなる。

「あっ！」

枝に乗り移ろうとした匡生がバランスを崩す。素早く丈太郎は腕を伸ばして、彼の腰のあたりを支えた。

「大丈夫？」

「……うん」

匡生は体勢を整えて、丈太郎に向かってうなずく。だが、表情には恐れが滲み出ている。

「ここまでにしておこうか」

丈太郎が声をかけると、匡生は地面と頭上を何度も交互に見る。

「初めての木登りで、ここまでできたら十分だ」

丈太郎が慰めるように声をかけると、迷いを見せていた匡生がはっきりと首を横に振った。

一度萎れた花が、水と光を与えられて元気を取り戻したように、匡生が言う。

「もっと上に行く」

宣言した彼の勇気を、丈太郎はヒマワリのように思う。

匡生は再び枝にしっかりと立つと、すぐ近くにある枝に掛ける手に力を込めて、もう一度幹に右足を乗せて、ジャンプし左足を枝に引っ掛けた。

「やった！」

匡生が枝によじ登って、誇らしげに丈太郎に向かって笑顔を見せる。額に滲んだ汗が栄光を称《たた》えるように輝いていた。

「上手だ。今度はあの枝に」

丈太郎は匡生がいた枝に移りながら声をかける。

「だんだん枝が細くなるから、足を滑らせないように気を付けて」

匡生はすでに果敢にも次の枝に挑戦していた。登るほど匡生と丈太郎の距離は近くなり、初めての経験に興奮している匡生の荒い息遣いが聞こえてくる。

匡生が登り、それを追うように丈太郎が彼のいた枝に乗る。

そうやって二人は地面から遠ざかっていく
「俺はここまでだな」

丈太郎は小さくジャンプし、足元のしなる枝を確認する。

今、匡生が乗っている枝は自分の体重を支え切れない。

幹に抱き着いている匡生がはしゃいだ声を出す。

「今、僕はお兄ちゃんよりも高い枝にいるんだ！」

「そうだよ」

「やったぁ」

匡生ははしゃいだ声を出して、高い木からの景色を眺める。

地面から見上げたときは隙間なく葉が生い茂っているように見えたが、木の中に入ってしまえば、意外と視界は開けていた。葉が作り出す窓枠から、ストレイシープ・フォレストの屋根が見える。

葉擦れの音、幹や枝のざらついた感触、木のにおい。

自分たちも木の一部になってしまいそうな、不思議な心地よさを感じる。

「僕、マンションやビル以外で、こんな高いところから景色を見るの初めて」

二人はしばらく木の上で夏の風を感じながら、目の前に広がる初めての景色に無言になる。

気温は高く、葉の傘に守られている木の上でも確かに暑いが、不快さはまったくなく、むしろ清々しかった。

丈太郎と匡生はお互いに無言で、それでもなにか共通の想《おも》いを持って、木の上から見える景色に見とれている。

「初めての木登りとは思えないほどだ。匡生くんは強くて勇気もある」

丈太郎の口から匡生に対する賞賛が自然と零れた。その後に、自分を責める言葉も一緒に零れた。

「俺はだめだな」

丈太郎は深く息を吐く。

「どうして？」

頭上から、無邪気な声が降る。丈太郎は小さくため息をつく。

「俺は弱虫だ」

匡生が不思議そうに丈太郎を見つめる。

「弱虫で、友だちに会いにも行けない卑怯《ひきょう》者だ」

「ケンカしたの？」

匡生が幹にしがみつきながら、慎重に枝を跨ぐように座った。丈太郎の顔がすぐのぞけるくらいの位置になる。木に抱き着く子ザルのような姿に、つい頬が緩む。

「ケンカ……じゃないな。傷つけて、嘘ついて……。最低だな」

丈太郎も力を失くしたように、枝に座り込んだ、近くなった二人の顔が再び離れる。

「僕も……僕も嘘ついている」

泣きそうな声に、丈太郎が顔を上げる。匡生は苦しそうに顔を歪めていた。誰に、と丈太郎が問う前に、匡生はスズランのように項垂れて罪を告白する。

「お腹痛いとか、頭が痛いとか、本当は痛くないけれど、お母さんに言っちゃうんだ。そうすると、お母さんは優しくしてくれるし、珍しいお菓子とか果物とか買ってきてくれるし。だから……。学校をさぼりたかったわけじゃ……」

匡生の声はだんだん小さくなって、目が潤んでいく。

「わかっているよ。お母さんに、甘えたかっただけだろう」

「……うん」

「でも、学校はあまりさぼらないほうがいいよ」

「うん。僕、これからちゃんと学校に行くし、嘘つくのも……やめる」

「えらいな」

突然、一斉に鳥が飛び立つように、葉がざわざわと擦れ合い、耳の奥が乾いた音でいっぱいになる。

暴力にも似た葉擦れの音に思わず目を閉じ、肩を竦め、風が通り過ぎるのを待つ。

やがて静けさが戻り瞼を開けると、裏口の扉がゆっくりと開いていった。

最初に花宮が現れて、すぐに木に登った丈太郎たちを見つけて小さく手を振った。

五秒ほど遅れて姿を現した典子は裏庭を心細そうに見回して、それから花宮の視線をたどって息子を見つけた。

典子は匡生を見つめながら、おぼつかない足取りで木に向かって歩いてくる。

「お母さん！」

匡生は枝の上で足をブラブラさせて、近づいてくる典子に手を振る。木の下に立った典子は優しく微笑みながら頭上の息子に声をかける。

「落ちないでね、匡生。あなたはすぐにケガをするから」

声をかけながら、典子は手にしていたスマートフォンで木に登った息子の姿を写真に収めている。

勢いよくブラブラさせていた、匡生の足が止まる。

「木登りが上手にできたなんてすごいわね。でも、大丈夫？　ちゃんと降りてこられるかしら？」

心配そうに息子を見上げる典子。丈太郎は彼女の表情にも違和感を見つける。なんと表現していいのかわからないが、彼女の言葉と想いがチグハグに思えるのだ。

「落ちないでね、匡生。落ちちゃダメよ。あなたはそそっかしいから」

心配そうな表情で匡生を見上げているのに、その言葉の裏になにか……逆なものを感じるのだ。

「落ちてはだめよ、匡生」

祈るように典子は繰り返す。

「落ちないでね」

繰り返される言葉が、粘着力を持って丈太郎の体を下に引っ張ろうとしているように思えて、そんなばかなと強く首を振る。その反動で、ぐらりと体が揺れ、慌てて幹に手を伸ばし体を支える。

なんだ今のは、と思った瞬間、視界の上で大きな物体が落ちてくるのが見えて反射的に体を向ける。

匡生が力を失くし上半身を折って、頭から落ちていきそうになっていた。

「匡生くんっ！」

丈太郎は素早く立ち上がって、彼の体を支えた。

「ああ、よかった。落ちるところだったわ」

足元で典子の声が上って来る。木を伝うヘビのように、どこか不気味で恐ろしい。

我が子を見つめる典子の瞳が、あまりにも美しく恐ろしかった。捕えられて、引きずり込まれそうに。

似たものを知っている。

キラキラとルビーのように輝く宝石のような雫。だが、美しいそれは、自分のために犠牲になってくれる虫を捕えるための罠。美しければ、美しいほど、相手を騙《だま》してその身を喰《く》らい、ますます輝いていく食虫植物の宝石。

美しい外見と、恐ろしい内面。

丈太郎は呪いの正体に気づく。

花宮が丈太郎にしたようなことを、彼女はずっと息子にしていたのだ。

心配性過ぎるのか、過保護過ぎるのかわからないが。

「匡生、動いたりしちゃだめよ」

腕の中の匡生が震え出し、丈太郎にしがみついている手が力を失くしていく。同じ重さでも、俵のように固いものと水袋のように柔らかいものでは、持ちやすさが全然違う。寝た子が重く感じるのと同じだ。

匡生が重い。支えにくくて、動いたらバランスを崩して落ちてしまいそうだ。暑いのに、冷たい汗が落ちる。

自分一人ならここから飛び降りることもできるが、震えている匡生を抱えてではさすがに無理だ。丈太郎が思案していると、花宮の穏やかで、どこか力強い声が届く。

「匡生くん。丈太郎お兄ちゃんの言うとおりにして、木を降りてごらん。登ったときと反対のことをするだけだよ」

匡生が顔を上げた。同時に、丈太郎の腕に触れていた手に力が戻る。

「幹に抱き着いて、下の枝に移れるかい？」

丈太郎の問いに、匡生は五十センチほど下の枝を睨みつけてうなずく。匡生を背負って木を降りたほうが効率がよいが、また途中で彼の力が抜けてしまったら危険だ。

丈太郎は慎重に匡生を枝に立たせて、幹にしがみつかせる。自身は枝に跨ぐように座って体を安定させ、幹を伝わりながら下の枝に移動する匡生の体を支える。

「匡生、落ちないでね」

典子の言葉に、匡生の顔が凍る。

まただ！

丈太郎は典子の声にイラつく。

なんだろう、この言葉と声色と表情のちぐはぐさ。落ちないでねと言いつつ、落ちることを期待しているような声は。

――お前のせいじゃないよ。

――お前は悪くない、気にするな。

言葉では誰も丈太郎を責めずに慰めているが、表情や声色で本心ではないと感じ取ってしまう。

そうだ、典子に抱いていた違和感と、わけのわからない嫌悪感の正体を垣間見た気がした。

自分にもかけられた……まさしく、呪いだ。

間違いなく、呪いだ。

言葉とは裏腹に、罪悪感を魂に刻まれて、雁字搦《がんじがら》めになる。そんな呪い。

「大丈夫だよ、匡生くん」

勇気づけるように、丈太郎は彼の腕をしっかりと掴む。その痛みに匡生が我に返ったようだ。

「うん、大丈夫」

匡生が力強く言って、無事に枝に移動すると、丈太郎は素早くその下の下の枝に移動する。下の枝ほど太く、丈太郎の体重もがっしりと受け止められる。

先に自分よりも下に降りていた丈太郎に、匡生は驚愕《きょうがく》と尊敬と、ちょっぴりの嫉妬を含めた目をした。

この程度の距離なら匡生を抱いて飛び降りることもできる。だが、匡生が自分の力で木を降りることが重要だと思った。

「さあ、焦らないでいいから、ゆっくりとしゃがんで足を」

丈太郎のアドバイスを、典子が遮る。

「手を離しちゃだめよ。足を滑らせないでね」

黙れ！　と叫びたい気持ちを奥歯を噛んで堪えた。一瞬で湧いた怒りはすぐ不安に変わる。

匡生は木を抱いたまま、ピタリと体をくっつけて動かない。

また だ。またか。

丈太郎のこめかみを冷たい汗が伝い、彫刻のようになってしまった匡生を祈るように見上げる。

「大丈夫だよ。匡生くんの呪いは解けたんだから」

花宮の声は、匡生よりも丈太郎に向けたように聞こえた。

匡生が金縛りが溶けたように動き出した。丈太郎の言うとおりに、幹を抱いた腕を緩めることなく、ゆっくりと膝を折って右足を下の枝に伸ばす。

大丈夫。匡生の足は震えていない。枝に触れれば、しっかりと体重を移す。丈太郎の腕も届く。

匡生が一つ下の枝に下りると、丈太郎も一つ下の枝に下り、ふたりは果たして地面に降り立った。

「上手にできたな」

丈太郎が匡生の頭を撫でて褒めると、彼は上気した赤い頬で、興奮気味に耳元で言った。

「木から声が聞こえた。強くなれって。ちゃんと強くなれるからって」

丈太郎には木の声が聞こえなかったが、自分も強くなれと叱咤された気がして、何も言えなかった。

「木登りが上手だね、匡生くんは」

花宮が両腕を上げて、木から降りてきた匡生を英雄のように労う。

「本当に、すごいわ」

典子も花宮と同じように匡生を褒める。が、丈太郎にはどこかなにかが違う気がしてならなかった。

花宮は彼の肩に手を置きながら言う。

「また、遊びに来て。ここで木登りしたりすれば、もっと強くなれるよ。キミはもともと、とても強い子なんだ」

典子が匡生の腕を引き、自分のほうへと引き寄せる。

「でも、ご迷惑じゃありません？　それに匡生は、まだ一人でここまで来ることはできませんし」

花宮が朗らかに言う。

「ここに通えば、体も丈夫になるし。多少の擦り傷や打ち身はつくるかもしれませんけれど、それは子どもにはよくあることで、あまり神経質になるのはよくないと」

典子は匡生を抱きしめて、懐疑的な視線を花宮に向ける。

「今日のように、植物と一緒にたくさん遊ぶのは、きっと匡生くんのいい財産になりますよ。電話していただけたら、丈太郎くんが迎えに行きますから」

俺が迎えに行くのか、と丈太郎は脱力して花宮を睨む。だが、花宮が丈太郎の視線には気づかない。

「……この店に通う？」

典子が不安な様子で裏庭を見回す。

「ここはストレイシープ・フォレスト。迷っている羊がやって来れば、行くべき場所を見つけて旅立つ店ですよ」

「いえ、いいえ。匡生はそんな簡単には……」

「簡単ですよ」

花宮が自信満々に宣言する。

「もう、匡生くんの呪いは解けましたから」

●

呪い？

呪いって、なんのこと！

典子はイライラしながらニンジンを切る。

ポケットの中のスマートフォンは一向に鳴らない。

「お母さん。今夜のご飯はなに？」

キッチンに匡生がやって来た。生まれて初めて木登り体験をした息子は、興奮が冷めやらぬようだ。

「どうしたの、匡生。木登りなんてして、疲れたでしょう？　ベッドで休んでなさい」

「大丈夫、僕、元気だよ。お腹、減っちゃった」

典子の手元をのぞき込んでくる。

「危ないわよ。今日はいっぱい体を動かしたから、熱が上がっているかも」

「熱なんかないよ」

即答する、元気いっぱいの息子に、憎しみに似た苛立《いらだ》ちを感じる。

「なにを言っているの。そういって、また寝込むんだから」

「大丈夫だよ」

自信満々な息子の頭を叩きたくなってしまう衝動を、包丁の柄を握ってグッと堪えた。少し間違えば、包丁を向けてしまいそうになる。

「今日はカレーよ」

感情を抑えて言うと、逆に匡生は目一杯嬉しい気持ちを爆発させる。

「わーい。カレーだ！」

匡生ははしゃいでキッチンを出ていき、リビングのソファにダイブする。

料理をする手を止めて、エプロンのポケットの中からスマートフォンを取り出して、今日投稿した写真に、どれだけの反応があるか確認する。

が、予想していたとおり、いつもより反応が薄い。

木登りをしている息子の写真は役に立たない。

典子が多くのユーザーに支持されているのは、か弱い息子を支える献身的な母親だからだ。

元気な息子の母親になんて関心がないのだ。あくまで病弱でケガばかりしている、手間のかかる息子の親だから、彼らは典子を評価してくれるのだ。

彼らは苦労している典子が見たいのだ。

人は他人の幸福よりも不幸が好きなのだ。不幸が見たいのだ。

典子は知っている。不幸のほうが人を惹きつける。スマートフォンには、今日撮った珍しい植物たちの画像が収められている。

けれども、これらもあくまで不幸な母親である典子の付属品としてでしか注目を集めないだろう。

一応、常連からのイイネマークはついているが、いつもより圧倒的に少ない。コメントもだ。それに短い。「息子さん元気になったんですね」「よかったですね」なんて、冷たい社交辞令ばかり。

息子は、もっとか弱くてベッドに寝ていなければ。

「匡生。熱が出たら困るから寝ていなさい。疲れているでしょう」

ポケットにスマートフォンを落として、優しく匡生の肩に手を置き、一緒に子ども部屋へと向かう。

「僕、元気だよ」

不安げに自分を見つめる匡生の頭を撫でる。

「顔色が悪いわ。心配だから寝ていて。カレーができたら呼びにくるから」

匡生はソファから離れず、じっと床を見つめている。

「どうしたの？　カレー、匡生、大好きだもんね。待ち遠しいのはわかるけど、ちゃんと横になっていないと」

「……僕、本当に元気だよ。また、お兄ちゃんと庭で遊びたい」

「匡生は外で遊ぶとすぐに熱を出すでしょう。体が弱いから疲れが出ちゃうのよ。だから、ちゃんと横になっていないと」

匡生はゴクンと唾を飲み込み、自分を勇気づけるためにギュッと手を握った。

「ごめんなさい、お母さん。僕、ずっと嘘ついていたんだ」

「どういうこと？」

「僕、いつも病気のふりしていた」

典子の顔が凍る。

「頭とか……痛くなかったけど、寝ていると、お母さん優しくしてくれるから」

「な……」

なにを言っているの、匡生。と問い詰める言葉は声にならなかった。

「僕、大丈夫だから、明日も木登りしたい」

「だめよ。きっと、明日、疲れて熱が出るわ」

典子は匡生の腕をとり、無理矢理ソファから引き離して子供部屋に連れて行く。

「いいから、寝てなさい！」

典子の強い語気に、匡生がビクッと体を震わせる。それから恐る恐る、典子の顔色を窺うようにしてベッドに潜った。

表情が強張った匡生の姿をスマートフォンで撮影して、典子は大股でキッチンに戻った。

イライラしながらスマートフォンを操作する。

木登りした息子は、やはり熱を出して寝込んでしまったと、悲し気なコメントと今撮った写真と一緒にアップする。

「匡生ったら」

あんたはなんてことを言うの！

●

ストレイシープ・フォレストの店内の掃除をしながら、丈太郎は花宮になんとなしに問いかける。

「また、匡生くんは遊びに来ますかね？」

「来ると思うよ」

花宮は植木鉢に肥料をやりながら、断言するように答える。

「匡生くんは丈太郎くんと木登りしたのが、よほど楽しかったようだ。きっと、今日も来たがると思う。でも、お母さんがどうかな」

丈太郎は再び手を動かしながら、木の上での匡生との会話を思い出す。

――僕も……僕も嘘ついている。お腹痛いとか、頭が痛いとか、本当は痛くないけれど、お母さんに言っちゃうんだ。そうすると、お母さんは優しくしてくれるし。

泣きそうな匡生の言葉。

匡生はもう嘘はつかないと言ったけれど、小さな子どもが大好きな母親に抵抗するのは難しいだろう。

丈太郎だって、親の期待には応えたい、親にガッカリさせたくないという思いがある。だからここでのアルバイトも、部活のことも……。

これが花宮の言う呪いになるのだろうか。

いや、違う。すべて自分が悪いのだ。呪いだとしたら、それをかけたのは自分自身。

床にモップをかけながら、柳の枝のように項垂れていると、店の扉が開いた。

一瞬で気を引き締めて、背筋を伸ばし扉に向く。

店の入口に突っ立っていたのは典子だった。

「野際さん、いらっしゃいませ。今日は匡生くんと一緒ではないんですか？」

花宮がにこやかに店内に誘うが、典子は突っ立ったまま宙を睨んで動かない。

丈太郎は不穏で異常な空気を感じ、若干身構える。

「野際さん？」

花宮が首を傾げる。

「……このまま匡生が元気になって、普通の子どもになったら、私はまた透明人間になってしまう」

無表情の典子から発せられる剣呑《けんのん》な言葉。

「透明人間なら、なにをしたって大丈夫よ。だって、誰にも見えないんだもの」

虚ろな目の典子が、機械のように唇を動かして呟く。

「野際さん？」

一体、一晩の間に彼女になにがあったのか。

丈太郎は怖いもの見たさに似た興味を抱きつつ、入口で亡霊のように棒立ちの典子を観察する。魂が抜けたような姿に、もしかして熱中症ではと疑う。

キッチンから冷たい水かお茶を持ってきた方がいいか、それとも声をかけて椅子に座らせる方が先かと迷っていると、典子のほうが丈太郎に近づいてきた。

「あの、大丈夫ですか？」

丈太郎が声をかけると、典子の瞳に暗い光が灯《とも》った。憎しみが込められた低い声で告げる。

「あなたは私の匡生を壊したのよ」

予想しない言葉に、丈太郎はどう反応していいかわからない。壊したなんて。むしろ、匡生は楽し気に、そして力強く木に登ることができた。それを手伝ったというのに。感謝こそされても、なぜ憎まれるのだ。

「……匡生は弱いの。すぐに熱を出したり、ケガをするの。私がいないとダメなのよ」

典子は丈太郎から視線を外し、彷徨う目で店の中を舐《な》めるように視線を這わす。

昨日とはまったく様子が違う、奇異な典子の姿に戸惑う。

宙をたゆたう典子の目が止まった。その先には、棚に掛けてある大きな刈込鋏《かりこみばさみ》。

細く長い鋭い刃が銀色に光っている。

陽炎《かげろう》のように、ゆらりと典子が動き出す。

「私の匡生を取り返すわ」

ゆっくりと鋏に向かって手を伸ばす。

花宮は疑問を顔中に浮かべた、呆けたマネキンのようになっている。カウンセラーの彼も、典子の変わりようは予想外だったようだ。

鋏を手に取った典子の異様に輝く目は、花宮を捕らえていた。

「匡生が強くてはダメなの。健康ではだめなの。私の……私の匡生を返して！」

鋏を持った手がゆっくりと上がる。

花宮が刺される！　助けなくては！

他人の体と強く接触するのは怖い。だから自分はスポーツができなくなった。

はずなのに……。

——姿勢を低く。

丈太郎は親友の声を頭の奥で聞いた。

低く、低く、低く。

恐れるな、怖がるな、突っ込め！

その瞬間、体が動いた。何度も何度も練習していた通りに。体に染みついた動きだった。

彼女の太股《ふともも》に向かって飛び込む。全力で右肩をぶつけてしがみつく。

まるでスローモーション動画の中にいるようだった。自分の動きも、彼女の動きも。

目の前に迫りくる床の木目が磨かれてきれいだなとか、スカート越しに肩に食い込む彼女の足が細くて驚いたり、開けっ放しのドアから入る夏の風がずいぶん湿っているとか、背中を鋏で刺されたら痛いよな、とか、いろいろなことが頭の中を冷静によぎっていく。

視界の端に棚から落ちる鉢植えを捕えた。それが床で割れて、土と苗を吐き出した。

同時に懐かしい、乾いた校庭の土のにおいが鼻の奥に蘇った。汗のにおいと、絶叫のような応援の声も。

それは、鋏で背中を刺されるよりも痛い。

ドン、と体中に低く地割れのような音と衝撃が走った。

ゴトンと音がした方に目を向ければ、典子の手から離れた鋏が床に転がっていた。

丈太郎に飛びかかられた勢いで、手から離してしまったのだろう。

床に転がる鋏を目にした瞬間、叱咤するコーチの声が聞こえた。

――すぐにボールを拾いに行け！

反射的に丈太郎は、手で床を押し返して素早く立ち上がった。

視界の片隅に、腰を打ち付けて痛そうに顔を歪めている典子が見えたが無視した。

自分が今一番にするべきことは、彼女が持っていたボール、いや鋏を奪うことだ。

「すごい！」

花宮が手を叩いた音で、丈太郎は我に返る。

目の前には床で痛みに呻《うめ》いている典子。自身の手には冷たい鋏。刃先が太陽の光を移して光っている。

花宮が典子のそばにやって来てしゃがみ込む。

「変だな。呪い、まだ解けていませんか？」

痛みに口もきけない典子は、花宮をただ睨む。荒い息をしている典子に、花宮は声をかける。

「大丈夫ですか？」

丈太郎は鋏を手にしながら、冷や汗をかいていた。

花宮を助けるためとはいえ、か弱い女性に対して思いきりタックルをしてしまった。これは過剰防衛に当たらないだろうか。

もし、あのときのように相手が大きなケガをしていたら——。

血が冷水になったかのように、体中が冷えて、足先から凍っていく気がした。まるで根を張ったように動けない丈太郎の左肩に、陽だまりのような温かさが触れた。

顔を向けると、花宮と目が合った。ついさっき鋏で襲われかけたとは思えない、いつもと同じ穏やかな彼の目。肩から氷解していくように、筋肉の緊張が解けていく。

「おケガは？」

花宮に声をかけられても、典子は床に腰と手をつけたまま、虚ろな目で空を睨んでいる。そこになにかがいるのかと、思わず丈太郎も典子の視線を追う。だが、見えるのは天井から吊《つ》り下《さ》がるハート形の葉を蔦が扉から吹き込む風に揺れているだけ。

それが不気味だ。

「呪いは解けなかったようですね。僕の力不足です。申し訳ございません」

やはり典子は反応しない。反応できないのかもしれない。

丈太郎が花宮におずおずと尋ねる。

「あ、あの警察を呼びます……」

警察という言葉に、典子の体がビクンと震えた。

ギギギと骨が錆びついたように、不自然にぎこちなく顔を丈太郎に向ける。

「私……べつに、傷つけようなんて……、つい」

典子の目が不安に揺らいでいた。丈太郎が過剰防衛になるのではないかと恐れているように、典子も鋏を振り上げたことを恐れているのだ。

ポケットから携帯電話を取り出そうとする丈太郎に花宮が言った。

「僕は警察に連絡するつもりはないよ」

「え？」

典子と丈太郎が同時に声を上げる。

「野際さんの呪いを解けなかったのなら、僕の力不足です。セラピストとしてこちらが謝罪します」

「え、え、あの……、本当に」

典子は困惑しながら、視線を花宮から丈太郎の持つ鋏へ。そして、落ちて割れた鉢植えに落とす。

丈太郎は一瞬、土に時計が埋められているかと思ったが、それが時計草だとすぐに気づく。

花宮が残念そうに壊れた鉢を見下ろす。

「時計草がお好きなようなので、分けて差し上げようと用意していたのですが」

時計草。別名、パッションフラワー。

「本当に……傷つけようなんて、つい魔がさして……、本当に」

花宮の言葉が聞こえないのか、典子はうわ言のように続ける。

「立てますか？」

花宮が手を差し伸べると、典子は恐る恐る彼の手を取って立ち上がった。

ゴトン、と大きな音がした。

典子の足元にスマートフォンが落ちた。ポケットから転がり出たのだろう。素早く典子が拾い、小さく声を上げた。

床にキラキラと光る小さな破片が落ちている。

「液晶ガラスが割れている。触らないほうがいいですよ。指をケガするかも」

落としたときに壊れたのか。それとも丈太郎のタックルで腰を打ち付けたときに壊れたのか。

呆然《ぼうぜん》とスマートフォンを見つめる典子に花宮が優しく問う。

「野際さん自身にはケガはありませんか？」

「私……は、どこも」

「データは消えていないと思うので、これ以上液晶が壊れないようサランラップで巻いて修理に出せばいいと思いますよ。今、キッチンから持ってきますので、座って待っていてください」

「い、いいえ。結構です。帰ります」

典子はスマートフォンをポケットに滑らすと、逃げるように踵を返す。

「野際さん」

花宮が呼び止めると、典子は身を竦め振り返る。罪状を聞く被告人のように悲壮な表情で。

「できれば、呪いが解けるまで、ここに通っていただけませんか？　匡生くんも一緒に、遊びに来てください。木や花に触れて、いろいろなことを学び、強く成長してくれると思いますから。それに」

花宮はいつのまに拾ったのか、手に持った時計草の花を小さく振って見せる。

「それに、時計草をお渡ししたいので」

典子は怯えるように花宮を見つめていたが、やがて受諾するとも拒否するともなく、小さく頭を下げて店を出て行った。

典子が玄関扉を閉めると、夏の暑い風と空気が途切れ、徐々に冷房の涼しい風と、植物と水のにおいが部屋を満たしていた。

心地よい空気にようやく安堵して、丈太郎は手に持っていた鋏をそっとテーブルに置く。

よかった。自分も彼女も警察に連行されるようなことはなく、収まってくれて。心の底から安堵のため息をつこうとしたときだった。

「ナイス、タックル！」

突然、耳に染みた単語が入って来て、丈太郎は飛び上がる勢いで顔を向けた。その先に、花宮が満面の笑みでサムズアップしていた。

「助かったよ、ありがとう。丈太郎くんがいなかったら、僕は今頃心臓を鋏で突き刺されていたかもしれないね」

「え、いや……」

「ちゃんと向かっていけるじゃないか」

丈太郎は違った意味で困惑する。向かっていける……？　花宮は知っているのか？

「え、それは、その、花宮さんが襲われるかと思って夢中で……」

言い訳のように告げると、花宮は花が綻ぶように笑う。

「チームメイトを守るのも同じことじゃないのかい」

微笑む花宮の手にある、時計に似た花に目が吸い付く。

時計草。パッションフラワー。

パッションフラワーのパッションは「情熱」という意味のパッションではなく、「受難」。

十字架に張り付けられた、キリストの姿が浮かぶ。

エピローグ　羊たちは草を食《は》み、歩み続ける

西日射す病室で、彼はベッドに座って静かに苛立ちを丈太郎にぶつけてきた。

――失望したよ。それとも、俺をバカにしているのか？

丈太郎は彼の顔を見ることができず、ギブスをした彼の脚を見つめていた。

怒って、怒鳴って、殴ってくれたほうがましだと思いながら。

彼は足元の紙袋を手に取る。丈太郎が見舞いに持ってきた近所の有名な菓子屋のクッキー、彼の好物だ。

「わざわざ買ってきてくれたんだ。ありがとう。でも、俺の望みはこれじゃない」

わかっている。丈太郎は胸の奥で叫びながら、唇を嚙む。

入院中にもかかわらず、彼は丈太郎が今どうなっているか知っているのだ。どこから知ったのかはわからないが。

――ごめん。

思わず謝罪を口にしてしまった。彼がそれを望んでいないとわかっていたが、口にせずにはいられなかった。

——帰ってくれ。

沈んだ声で彼が言う。

彼は謝罪なんて求めていない。わかっている。彼がなにに怒りを抱いているのか。

でも、どうしても彼の求めることができないのだ。

羨まれる逞しい背中を情けなく丸めて彼のもとを去る。影だけがまっすぐ長く道に伸びていた。

ほんのりと赤く染まる空に、あの日のことが蘇る。

体格と中学の経験で、高校一年で得たレギュラーの座。丈太郎は三年生に混じって試合に出ていた。

午後の暑い日差しの下で、どちらのチームも体力の限界すれすれだった。

高校ラグビー県予選大会の第二試合で当たったのは、中学生時代に丈太郎をラグビーに誘った幼馴染、親友の通う高校だった。

中学のときはチームメイト。高校はお互い別々で、ライバルになった。それでもラグビーを通して切磋《せっさ》琢磨《たくま》し、友情は変わらず続いていく……はずだった。

お互いにほんの少し集中力が切れていた。油断があった。暑さに奪われたのだ。

丈太郎のタックル受けて、彼が変な体勢で倒れ込む。

彼の体の上に倒れたときに聞こえた、なんとも不気味な音を、丈太郎は一生忘れることができないだろう。痛みから発した呻きに似た悲鳴も。

丈太郎が悪いわけではなかった。

彼が悪いわけでもなかった。

運が悪かった。小さな悪いことが、いくつも重なってしまったのだ。

誰も丈太郎を責めなかった。部活中にあるアクシデントの一つ。

ラグビーはケガの多いスポーツだ。彼のケガは全治三カ月で軽いものではなかったが、特別なものでもなかった。

特別だったのは、予選大会に出られなくなってしまったこと。

彼にケガをさせたのをきっかけに、丈太郎が人との接触に重度の恐怖心を抱くようになったこと。

よりによって親友を、自分をラグビーに誘ってくれた彼を……。

彼は自分よりもずっとラグビーに対して真摯だったし、将来を嘱望されていた。

丈太郎の高校は公立の進学校で、部活にそれほど力を入れていない。

だが彼の高校は違う。個性的な能力に秀でた生徒が集まる、部活にも力を入れている私立高校だ。

そんな彼から試合を奪うなんて。練習だってしばらくできない。

自分がケガをすればよかったのに。代われるものなら代わりたい。

その日から、丈太郎は部活に行かなくなった。いや、行けなくなった。

怖いのだ。人と接触することが、怖くなってしまったのだ。

タックルなんてもちろんできない。

部活を正式に辞めてはいない。実際、退部届は保留されていて、丈太郎はまだ在籍はしているが、完全に幽霊部員になっていた。

早く家に帰ってきても、レギュラーから外れたからと言えば、親も特に不審に思っていない。

体格のいい丈太郎は体育の授業でも体育祭でも期待されていたが、結果クラスメイトをがっかりさせることになった。

バスケットもサッカーも、相手にケガさせてしまうかも思うと、体が強張ってしまう。なにもできなくなってしまう。

丈太郎は目立つでくの坊でしかなかった。

いい体をしているのに、恵まれた体格なのに。そう言われるのが殴られるよりもずっと苦痛だ。

たった一回の事故で。

まさか自分がこんなに弱い人間だったなんて。

自分自身が嫌になる。信じられなくなる。

チームメイトには打ち明けた、というか知られてしまったが、親には打ち明けられなかった。親友にはバレてしまい、失望させてしまった。

親友をケガさせてから約一年が経っても状況は変わらなかった。

変わらないまま、苛立ちと後悔だけが募っていく。

もう親友の顔を見るのも怖くて、あれから一度も会いに行っていない。そんな臆病な自分が、ますます嫌になる。

――キミは三つ嘘をついている。

なぜか、花宮には見破られてしまった。

部活をやっていないということ。バイトをしているのを親に内緒にしていること。

もう一つは、スポーツが嫌いと言ったことか。

どうして？　いつから？

けれど、そんなことはもうどうでもいい。

花宮が言ってくれた。

——ちゃんと向かっていけるじゃないか。

今なら、飛び込んでいけそうな気がする。


逃げ出した場所に戻るのは勇気がいる。でも、今ならできる、きっと。

夕方だというのに、気温はまだまだ高い。

抜けるような青空に、大きな白雲が浮かんでいる。

ストレイシープ・フォレストからの帰り道、丈太郎は家ではなく、高校に向かっていた。

夏休み中でも、校庭は部活動に励む生徒で賑わっていた。

校舎の静けさが、よけいに校庭の賑わいを際立たせる。

丈太郎は校門近くの駐輪場に自転車を停めて、校舎裏にある第二グラウンドに足を進めた。校庭と呼ばれる第一グラウンドの半分ぐらいしかない広さだが、ラグビー部とテニス部が基礎練習をするには十分だった。

丈太郎は微かに震える足に勇気を込めて、ラグビー部が使っているグランドの半分、西側のベンチに向かっていく。

丈太郎が声をかける前に、隅で休憩していたレギュラー陣が気づく。ほぼ三年生と数名の二年生で構成されているメンバー。

最初に気づいたのは、丈太郎と同じ二年生でレギュラーの高田《たかだ》だった。

彼は幽霊でも見たかのように、目と口を大きく開いた。

高田の不審な動きにつられて、そばにいたレギュラー陣たちが次々と丈太郎の姿を見つける。

何人もの視線を受けながら、針が浮かぶ空気の中を進んでいく気持ちで、丈太郎は歩みを止めることなく進む。

レギュラー陣の中心にいる主将と目が合った。

彼らとの距離は、もう三メートルもない。

丈太郎は立ち止まった。それを合図のように主将も立ち上がる。

グランドで練習していたメンバーも、隅でなにかが起こっている気配に気づいて、パス練習の手を休めることなく、ちらちらとレギュラー陣を窺っている。

丈太郎は主将の目を真っ直ぐに見て、それから腰を折り、九十度に頭を下げた。

「もう一度、ラグビー部に入れてください」

誰も何も言わない。

西日に照らされる背中が、ジリジリと暑い。

親友にケガを負わせた試合から、丈太郎は部活に出ていない。

しばらくして出した退部届を、顧問はとりあえず預かっておくと言って受け取った。

あの日から一年近く、今更……。

それは丈太郎だけでなく、このグラウンドにいるラグビー部員全員が思ったに違いない。

体をぶつけることが前提のグラウンドに立てなくなってしまったのだ。

戦えない選手は、去るしかない。

だからグラウンドを後にしたのだが、それを許してくれない親友がいた。

——進学して、お互いライバルになったけれど、絶対に真剣勝負な！

挑むような笑顔が忘れられない。

彼は怒っている。丈太郎がケガを負わせたことではなく、ラグビーから去ったことを。

「勝手ばかり言ってすみません。もう一度、みんなと戦いたいんです」

丈太郎のことを知らない一年生は好奇の目を、知っているメンバーたちは期待の眼《まな》差《ざ》しを向ける。

誰もが主将の言葉を固唾をのんで待っている。

「……風見」

名前を呼ばれて、丈太郎は頭を上げる。

「戦えるのか？」

主将の目を真っ直ぐに見て、迷わず答える。

「戦えます」

主将が探るように丈太郎を眺め見る。

「最後にミニゲームをやる予定だから、そこに入ってみろ」

丈太郎が目を見開く。

試合。

一年ぶりの試合。

「い、いきなりですか？」

丈太郎をかばうように口を開いたのは、同学年の坂田《さかた》だった。主将は坂田ではなく、丈太郎のほうを向いたまま尋ねる。

「ポジションは同じ。ゲームは二十分交代制」

「いけます」

丈太郎が力強く答える。試合の勘は鈍っているかもしれないが、自分に与えられた役割ぐらいはこなせるはずだ。

「よし。服はそのままでいいな。スパイクは俺の予備を貸してやる。二回目の試合だ。その間にアップしておけ」

「はいっ！」

学校まで自転車で走ってきて、すでに体は十分に温まっている。

ホイッスルが鳴る。

一年を中心に第一試合が始まる。ほぼ知らない顔だ。

ストレッチをしながら、自分のポジションと同じ部員の動きを目で追う。懐かしさと、悔しさと、後悔と、恐怖と、押し寄せる感情を奥歯でギュッと噛み殺す。

集中しろ。怯《ひる》むな。怯えるな。自身に言い聞かせていると、背中に強い衝撃を感じた。

振り返ると、坂田を中心に二年生が背後に集まっていた。

「しっかりやれよ」

「お帰り、って言いたいからな」

「お前が抜けて、戦力がガタ落ちなんだぞ」

気合を入れるように次々と丈太郎の背中を叩いていく。痛みが丈太郎の不安や恐怖を叩き出してくれる気がした。

ピピピピー！

終了のホイッスル。

汗だくになった一年生たちとすれ違いながらグラウンドに立つ。

スパイク越しの土の感触、汗と土埃《つちぼこり》のにおい、闘争心むき出しの顔。

ここに帰りたいと、初めて強く思った。

試合開始のホイッスルと同時に、ボールを持った部員が弾丸のように飛び出す。

恐怖がないわけじゃない。だけど——。

丈太郎はボールに向かって飛び込んでいく。

一年間グランドを離れていても、体は覚えている。何度も繰り返したタックル練習。

守るのだ。自陣を、ゴールを！　チームメイトを！

体がぶつかり合う衝撃、痛み、快感。

視界の端に転がるボールが見えた。誰かの手が伸びる。敵か、味方か？

攻防は続く。

ボールを持った丈太郎は、進路を妨害しようとする敵に果敢に突っ込む。ボールを持っていないときは、相手の進路を塞ぎに行く。

試合が開始してしまえば、不安も恐怖も後悔もなかった。

ただ純粋に「勝ちたい」という気持ちだけが自分を突き動かしていた。

試合終了のホイッスルが鳴って、丈太郎は夢から覚めた気持ちでグラウンドを後にする。激しい鼓動と止まらない汗と疲労した筋肉と共に。

戻ってきた丈太郎の肩に、主将が手を置く。

「お帰り、風見」

乱れていた呼吸が止まった。

丈太郎を囲むようにグラウンドを後にした、二年生を中心にした部員たちの動きも止まる。

「諦めきれなかったんだろ。その体つきを見ていればわかるよ。基礎トレ、続けていたんだろ」

丈太郎は言葉に詰まる。その通りだ。その通りなのだが、それを口にすることができなかった。

「お前の退部届を破棄するよ」

丈太郎を囲んでいた二年生たちが歓声を上げた。

これで親友に会うことができる。

もうグラウンドに復帰している彼に堂々と言うのだ。

——勝負しよう。

彼が求めていたのは謝罪ではない。丈太郎を負かす機会を与えることだ。


匡生が木の上から丈太郎を呼ぶ。すっかりお気に入りになった楡の木に、小さな体が溶け込んでいる。周りの枝葉がうまい具合に開けていて、少し遠くから見ると緑の額縁に少年がすっぽりとはまっているように見える。

「僕、ひとりで登ったよ！」

裏庭で見守る丈太郎に向かって、匡生が嬉しそうに、力いっぱい手を振る。

楡の根元には、丈太郎が作った木製の小さな脚立。これで最初の枝に登ることができれば、もう匡生は一人でお気に入りの枝まで行けるようになった。

久しぶりに丈太郎に会えたので、嬉しいのだろう。一人で登れるところを見て欲しかったに違いない。

「枝や幹を、しっかり持っているんだぞ」

はしゃぎ過ぎて、うっかり落ちたりしたら洒落《しゃれ》にならない。

すっかり元気になった匡生を見て、丈太郎は心の底から安堵すると同時に、あの日のことを思い出す。

花宮を刺そうとした次の日、典子は菓子折りを持ってストレイシープ・フォレストを訪ねてきた。

彼女の姿を見た瞬間、緊張が体の中を走った。が、まるで萎れたユリのような姿に警戒はすぐに解いた。

心の底から反省しているというよりも、なにもかもを失った抜け殻のような印象だった。

菓子折りと慰謝料をテーブルの上に置くと、深々と頭を下げた。たった一日で五歳も老けてやつれたように見え、とても再びなにかをしでかす、いや、しでかせるとは思えなかった。

「……本当に申し訳ございません」

謝罪を口にして、頭を下げたまま審判が下るのを震えながら待っている。

沈黙は長くなかった。

「野際さん、まずはお座りください」

朗らかな花宮の声に、躊躇いつつも典子が頭を上げる。

花宮が先にイスに腰をかけて、典子にも着席を勧める。

「今日は写真を撮らないのですか？」

テーブルの上にあるウサギゴケを指さす。今朝、花宮が飾ったものだ。

白い花が跳ねているウサギの姿に似ている珍しい植物だ。以前の典子なら、まっさきに写真に収めようとしただろう。

「スマホ……壊れたので」

俺のせいかと、ひやりとする丈太郎に、花宮が目で大丈夫と合図する。二人は冷静に話し合いができそうだ、そこに自分がいては気まずいだろうと、丈太郎は庭に出て行った。

水を撒いていると、しばらくして二人が店から出てきた。

場を離れたので、花宮がどんな話をしたのかわからない。

典子はうつむいたまま門のところで振り返り、丈太郎と花宮へ、深々と頭を下げて帰って行った。

「なんの心配もない。一件落着だよ」

花宮が丈太郎に向かって親指を立てる。

「野際さんには、しばらくカウンセリングを続けてもらうことにした。常連第一号になるかも。業績アップさ」

不安を抱えている丈太郎を元気づけるためか、おどけた様子で付け加えた。

丈太郎が不安気な態度だったのは、典子のことだけではない。花宮に言わなければならないことがある。それをいつのタイミングで言おうか迷っていたのだ。いや、早く言うべきなのだか、なんとなく言い出せなかった。

こんなときまで俺は臆病だ。丈太郎はうつむき自嘲する。

勇気を出せ。昨日、できたじゃないか。

「は、花宮さん」

「ん？」

店に戻ろうとした花宮が振り返る。

丈太郎は典子のように深く頭を下げた。

「すみません。アルバイトを減らしてください」

「どうして？」

顔を上げると、花宮がなぜか嬉しそうな表情をしていた。

午前十時から午後三時は、ちょうど部活動の時間だ。

明日から部活に出るためには、もうストレイシープ・フォレストに来ることはできない。部活が休みの日だけ来ることもできるが、それは月に六、七日しかない。

あとどれくらい借金が残っているのかわからないが、もう仲間を、親友を裏切ることはできない。

「……部活に出たいんです」

「帰宅部じゃなかったっけ？」

最初についた嘘。

なぜか花宮にはバレていたようだが。それを知って、意地悪にもわざわざ尋ねてくる。

「すみません。部活をしていないんじゃなくて、休部していました。なぜなら」

「いいよ」

退部の理由。接触恐怖症に陥った自分の臆病さを説明しようとする丈太郎を遮った。

「実を言うと、もうキミの借金は返済されているんだ」

「え……」

花宮は丈太郎のそばに寄って、右手を取って握手した。

「復活、おめでとう」

「あ、ありがとうございます。って、なにもかも知って？　で、どこまで？」

花宮は小首を傾げて微笑む。猫毛の髪が揺れて、最初に会ったときのように曼殊沙華の印象が強くなる。

「キミだって、迷える羊だった。だからここに来たんだろう？」

花宮は確かめるように、丈太郎の胸や腕に手のひらをあてる。

「部活はしていない。スポーツは嫌い。そう言っていたけれど、ずっと体を鍛えているんでしょ。キミの体を見ればわかるさ。ここにだって、バスも電車も使わずに自転車で通っていた。結構な距離があるのに。それもトレーニングの一部だったんだろう」

花宮は丈太郎を見上げて、花が咲いたような笑顔を向ける。

「もう苛立ちを抱えながら壁を蹴ることもないだろう」

ここで働くことになったきっかけを思い出し、赤面する。

「あ、あのときは、本当に……」

物に八つ当たりなんて、本当に恥ずかしい。

「丈太郎くんの迷いが晴れたならなにより。僕も嬉しいよ。あと、もらい過ぎたバイト代の代わりに、ここにある植物をどれでも好きなだけ持っていいから。それで勘弁してくれないかな」

もらい過ぎたバイト代がいくらあるのかわからないが、たいした金額ではないだろうし、むしろもう解放されるのかという嬉しさと、寂しさが胸を占めた。

「あ、あの、ときどき遊びに来てもいいですか？」

バイトでもない、客でもない、そんな自分が足を踏み入れていいわけがない。わかっていても、ここから離れるのは、なんと言えばいいのかわからないが、嫌だった。

花宮は驚いた表情をして、それからふんわりと微笑んだ。

「もちろんだよ」

あれから典子は週に一、二回の頻度で、カウンセリングのためストレイシープ・フォレストに通ってくる。たいていは匡生も連れて。

丈太郎も時間があるときにストレイシープ・フォレストに来て時間をつぶす。森のような場所で、自分をリセットできる気がするのだ。

匡生がストレイシープ・フォレストに来る日と、丈太郎の訪問日が重なれば、今日のように一緒に裏庭で遊ぶことになる。

楡の木で手を振る匡生に、丈太郎も手を振り返す。
自分はもう迷える羊ではない。
でも、ときどきは迷ったふりをして遊んでもいい。
この庭と家を支配している花宮には、きっと見破られるだろうけれど。

終わり

本書は書き下ろしです。

メディアワークス文庫

迷《まよ》える羊《ひつじ》の森《もり》
～フィトセラピスト花宮《はなみや》の不思議《ふしぎ》なカルテ～

有間《ありま》カオル

2019年8月24日　初版発行
2024年9月20日　再版発行

発行者　山下直久
発行　株式会社KADOKAWA
〒102-8177　東京都千代田区富士見2-13-3
0570-002-301（ナビダイヤル）
装丁者　渡辺宏一（有限会社ニイナナニイゴオ）
印刷　株式会社KADOKAWA
製本　株式会社KADOKAWA

●お問い合わせ
https://www.kadokawa.co.jp/（「お問い合わせ」へお進みください）
※内容によっては、お答えできない場合があります。
※サポートは日本国内のみとさせていただきます。
※Japanese text only
※定価はカバーに表示してあります。

Printed in Japan
ISBN978-4-04-912282-4 C0193

メディアワークス文庫　https://mwbunko.com/

本書に対するご意見、ご感想をお寄せください。

あて先
〒102-8177　東京都千代田区富士見2-13-3
メディアワークス文庫編集部
「有間カオル先生」係

メディアワークス文庫

有間カオル

サムシング・フォー
～4人の花嫁、4つの謎～

花嫁には、秘密があった――

ブライダルプランナー、間宮菫子。幸せな結婚式を送るため、花嫁たちが彼女の元にやってくる。だが彼女たちは、秘密を抱えていた。サムシング・フォー――花嫁に幸せを呼ぶというジンクスになぞらえた、4つの愛と秘密の物語。

発行●株式会社KADOKAWA

第25回電撃小説大賞《メディアワークス文庫賞》受賞作

ふしぎ荘で夕食を
~幽霊、ときどき、カレーライス~

村谷由香里

応募総数4,843作品の頂点に輝いた、
感涙必至の幽霊ごはん物語。

「最後に食べるものが、あなたの作るカレーでうれしい」

　家賃四万五千円、一部屋四畳半でトイレ有り（しかも夕食付き）。

　平凡な大学生の俺、七瀬浩太が暮らす『深山荘』は、オンボロな外観のせいか心霊スポットとして噂されている。

　暗闇に浮かぶ人影や怪しい視線、謎の紙人形……次々起こる不思議現象も、愉快な住人たちは全く気にしない——だって彼らは、悲しい過去を持つ幽霊すら温かく食卓に迎え入れてしまうんだから。

　これは俺たちが一生忘れない、最高に美味しくて切ない“最後の夕食”の物語だ。

メディアワークス文庫